EINE HEXE FÜR ALLE GELEGENHEITEN

AGENTUR FÜR PARANORMALE ZEITARBEIT

BAND 1

MOLLY FITZ

KATZENGEHEIMNISSE

1

„Aaaaaaaaaaaaah!" Ein Aufschrei entriss sich meiner Brust, als ich mit einem Sprung vor dem eiskalten Strahl, der aus dem alten Duschkopf sprudelte, flüchtete.

Normalerweise liebte ich es, meinen Morgen mit einer ausgiebigen und dampfend heißen Dusche zu beginnen, während der ich meinen Gedanken nachhing und sie schließlich zu einer Art Plan für den Tag zusammenfügte. Doch seit ich vor ein paar Wochen nach Beech Grove gezogen war, hatte ich Glück, wenn ich überhaupt fünf Minuten lang warmes Wasser hatte, bevor der Boiler den Geist aufgab und ein bösartiger Strahl aus flüssigem Eis meine gute Laune ruinierte.

„Das war's!", rief ich, während ich den Wasserhahn abdrehte. Meine Vermieterin würde heute etwas von mir zu hören bekommen, ob es ihr gefiel oder nicht.

Die alte Mrs Haberdash hatte mir ihrerseits sehr sorgfältige Anweisungen gegeben, als ich den Vertrag unterschrieb, um das kleine Gästehaus am hinteren Rand ihres Hanggrundstücks anzumieten. Obwohl sie im Haupthaus wohnte, nur einen kurzen Spaziergang entfernt, sollte ich sie dort niemals besuchen. Alles, was ich brauchte, könne ich per Telefon, oder besser noch – *zumindest ihrer Meinung nach* –, mit einem altmodischen Brief klären.

Aber klar. Nee, sicher nicht.

Ich hatte versucht, es auf ihre Art zu machen, aber bis jetzt waren alle meine Versuche, Hilfe bei den Sanitäranlagen zu bekommen, unbeantwortet geblieben, und leider hatte eine unbrauchbare Dusche eine unbrauchbare Mieterin zur Folge. Ich hatte versucht, nach ihren Regeln zu spielen und es war nach wie vor nichts passiert. Jetzt war es an der Zeit, nach meinen Regeln zu spielen.

Immer noch nass, steckte ich meine eingeseiften Haare zu einem Dutt hoch, um sie von den Schultern zu halten, warf mir ein Etuikleid über, zog Flip-Flops an und machte mich auf den Weg, endlich meine apathische Vermieterin zu konfrontieren.

Ich denke, jetzt wäre ein guter Zeitpunkt, um mich vorzustellen.

Mein Name ist Tawny, Tawny Bigford. Tawny ist die Kurzform von *Tanya*, ein Name, den ich hasse, seit Tanya Mills mir in der zweiten Klasse bei einem Rechtschreibtest einen Kaugummi ins Haar geklebt hat. Also bin ich jetzt Tawny.

Ich bin fünfunddreißig, liebe meine Duschen – wie Sie bereits wissen – und bin wunderbarerweise, glücklich und ganz bewusst Single.

Okay, ich hatte mal einen Mann. George war sein Name. Aber einige Jahre nach unserer Heirat beschloss er, dass er viel lieber mit einer Mutter vom Lehrer- und Elternverband namens Patricia zusammen wäre.

Eine Mutter vom Lehrer- und Elternverband!

Angeblich begegneten sie sich eines Nachmittags vor der örtlichen Mittelschule, und es war Liebe auf den ersten Blick. Warum George überhaupt dort war, werde ich nie verstehen. Es ist ja nicht so, dass wir eigene Kinder hätten oder es einen anderen Grund gäbe, warum er sich genau zur falschen Zeit am falschen Ort befand.

Aber es ist nun einmal passiert und hat unser aller Leben verändert.

Ehrlich gesagt, wäre es mir lieber gewesen, er

wäre mit seiner jüngeren, hübscheren Sekretärin durchgebrannt. Dann könnte ich mich wenigstens über das Klischee beschweren.

Aber er und Patricia, die zwei Jahre älter ist als er, sind widerlich glücklich miteinander. An den meisten Tagen tue ich einfach so, als gäbe es die beiden nicht.

Okay, ich klinge vielleicht *ein bisschen* verbittert. Und ich lebe vielleicht allein in einem angemieteten Gästehaus, aber – enttäuschend kalte Duschen außen vor – ich liebe mein Leben wirklich. Im Grunde schreibe ich zwei Bücher pro Jahr, schicke sie im Tausch für einen Gehaltsscheck an meinen Verlag und mache dann mit dem Rest meiner Zeit, was ich will.

Ja, ich könnte mehr schreiben, um mehr zu verdienen, aber warum? Es reicht mir völlig, genügsam zu leben, weil das bedeutet, frei zu sein. Und deshalb habe ich mehr Hobbys, als ein Mensch allein wahrscheinlich jemals haben sollte.

Aber ich schweife ab ...

Dies war nicht die Zeit, um über meine Hobbys zu ratschen, sondern um Mrs Haberdash zu konfrontieren und eine Versorgung mit heißem Wasser einzufordern, die länger als fünf Minuten pro Tag anhielt. Es war schließlich ein einfaches und grundlegendes Bedürfnis.

Als ich nun vor ihrer Tür stand, holte ich tief Luft, um meine Wut zu besänftigen, und klopfte vorsichtig an.

War nur ein Scherz, ich hämmerte mit aller Wut, die ich in mir hatte, gegen die Tür.

Als niemand antwortete, begann ich zu schreien. „Ich weiß, dass Sie da drin sind! Und ich muss mit Ihnen reden!"

Immer noch nichts, also versuchte ich es mit dem Türknauf und war überrascht, dass dieser sich öffnen ließ, wenn man bedachte, wie sehr die Frau ihre Privatsphäre schätzte.

Ich stieß die Tür auf und stürmte hinein, bereit, mit der alten Mrs Haberdash Tacheles zu reden.

Unglücklicherweise hatte ich bei meinem rechtschaffenen Eintritt nicht auf meine Füße geachtet. Ich hatte nicht gedacht, dass ich das müsste, aber etwas Großes und Schweres lag gleich hinter der Schwelle auf dem Boden, und ich knallte direkt dagegen, verlor das Gleichgewicht und plumpste in einem ungeschickten Gewirr von Gliedmaßen zu Boden.

Nicht nur meine eigenen, sondern auch jene von Mrs Haberdash. *Oh .... ha.* Mein Magen drehte sich mit einer schmerzhaften Gewissheit um.

„M-M-Mrs Haberdash?", fragte ich, und meine

Stimme zitterte vor Schreck, als ich mein Gesicht der alten Frau zuwandte, die auf dem Boden des Eingangsbereichs ausgestreckt da lag.

Ihr Mund war geschlossen, die Augen weit aufgerissen, ihr Körper noch kälter als die Dusche, der ich gerade entkommen war.

Ja, sie war tot, und dank meiner Tollpatschigkeit hatte ich gerade meine DNA überall auf ihrer Leiche verteilt.

Nein, nein, nein! Ich versuchte zu schreien, aber es gelang mir nicht.

Und dabei dachte ich, eine kalte Dusche sei die absolut schlechteste Art, den Tag zu beginnen. Oh, wann würde ich jemals lernen, es gut sein zu lassen?

2

ch krebste unbeholfen von Mrs Haberdashs Körper weg, was ein unangenehmes Stechen in meine untrainierten Arme sandte – denn leider hatte keines meiner vielen Hobbys mit Fitness zu tun.

„Das mit dem Klempner ist schon okay", stotterte ich, obwohl ich wusste, dass Mrs Haberdash mich weder hören, noch nun irgendetwas diesbezüglich tun konnte. „Ich werde einfach ... Ja. Also, tschüss erst mal."

Ich benutzte das Geländer am Absatz ihrer eindrucksvollen Treppe, um mich auf die Füße zu ziehen, aber bevor ich meine Fassung wieder vollständig zurückerlangen konnte, geschah noch etwas Schreckliches.

Die Polizei traf ein.

„Was ist denn hier los?" Ein hochgewachsener Mann mit dichtem, graumeliertem Haar und lichtem Bart blickte von Mrs Haberdash zu mir und wieder zurück, dann nahm er das Funkgerät an seinem Gürtel in die Hand und …

„Stopp!", rief ich, unsicher, was ich mit meinen Händen tun sollte. Schließlich hielt ich mich mit beiden am Geländer fest, nur, um nicht bedrohlich zu wirken.

Der Polizist ließ das Funkgerät sinken und betrachtete mich skeptisch.

„Was ist hier los?", fragte er wieder, den Blick jetzt fest auf mich gerichtet. Er hatte die Art von blass-grauen Augen, die ich einem Charakter in einem meiner Bücher verpassen würde, um den Lesern zu sagen, dass er gut aussehend war. Und er war gut aussehend, aber leider hatte ich im Moment ein paar dringendere Probleme.

Ich wirkte hier gerade unglaublich schuldig, das ließ sich nicht leugnen. Tatsächlich würde es mich nicht überraschen, wenn der Polizist mit den hübschen Augen mich als Nächstes an die Wand drücken und anfangen würde, mir meine Rechte vorzulesen. *Tawny an Gehirn, hör auf auszuflippen!*

Ich musste aufhören, darüber nachzudenken, was

hier passieren könnte, und mich einfach darauf konzentrieren, ruhig und gefasst zu bleiben, während ich erklärte, warum ich allein bei einer Leiche gelandet war.

„Nun ... ich ...“ Ich fummelte nach Worten, seufzte, und begann erneut. „Ich meine ... Mrs Haberdash ist tot, also ...“

Oh, komm schon, Tawny! Wenn du deine Superkräfte als Autorin nicht benutzen kannst, um etwas zu erklären, das du nicht einmal getan hast, wozu hast du sie dann überhaupt?

Ich lächelte ihn einfältig an und wartete darauf, dass der Kerl mich entweder verhaftete oder mir sagte, ich solle mich vom Acker machen. Es sah nicht so aus, als gäbe es eine dritte Option. Ich meine, *ich* hätte mich verhaftet.

„Ja, tot. Das kann ich sehen“, sagte er und sah demonstrativ zu ihrem Leichnam hin, bevor er seinen Blick wieder auf meinen richtete.

Ein Kribbeln durchfuhr mich, aber ob es Aufregung, Angst oder etwas ganz anderes war, konnte ich nicht genau sagen.

„Warum haben Sie sie getötet?“, drängte er. Seine Augen bohrten sich in meine, als wollten sie direkt in meine Gedanken sehen.

„Habe ich nicht!“ Ich stampfte sicherheitshalber

mit dem Fuß auf. Vielleicht konnte mein Körper ausdrücken, was meine Worte nicht schafften. „Heute Morgen unter der Dusche ...“

Er hob eine anzügliche Augenbraue, die mich sofort knallrot werden ließ. Warum musste er auch nur so gut aussehen? Das machte die ganze Situation so viel schlimmer. Ich war immer gut darin gewesen, humorvolles Geplänkel zu schreiben, aber nicht so gut darin, selbiges im wahren Leben auch umzusetzen. Außerdem war es ja nicht so, dass Flirten mich aus dieser Sache herausbringen könnte.

„Nein, das nicht. Ich meine, ja, das heiße Wasser ...“ Ich brach erneut ab und geriet in Panik, als er wieder nach seinem Gürtel griff. „Warten Sie! Ich habe sie nicht umgebracht! Wie können Sie das nur denken?“

Er verschränkte die Arme und starrte mich streng an. „Wie ich das denken kann? Ganz einfach: Ich habe Sie noch nie im Leben gesehen, bis Sie plötzlich am Tatort eines Mordes auftauchen.“

Ich keuchte entsetzt auf. „Ermordet? Nein, sie wurde nicht ermordet. Zumindest nicht von mir. Und, äh, warum gehen Sie automatisch von einem Verbrechen aus? Sie sind gerade mal fünf Sekunden hier und haben sie kaum angeschaut. Müssen Sie nicht erst eine Untersuchung durchführen oder so?“

Bäh. Ich und meine große Klappe!

Erst konnte ich meine Unschuld nicht verteidigen, und dann warf ich ihm vor, seinen Job nicht richtig zu machen. Ich hatte vielleicht ein oder zwei Polizisten in meine Bücher geschrieben, aber das war nicht wirklich genug, um mich hier als Expertin aufzuspielen.

Er stöhnte und schüttelte den Kopf. „Ja, und ich werde dem nachgehen, sobald ich mit der Befragung der Verdächtigen fertig bin."

Ich wich zurück, bis meine Schultern flach an die Wand gepresst waren. „Hören Sie, Sheriff Schnellschuss, Mrs Haberdash ist meine Vermieterin. Ich bin nur gekommen, um mich bei ihr zu beschweren. Eine Kleinigkeit. Nichts, weswegen man jemanden umbringen müsste." Ich lachte nervös, wie man es oft tat, wenn die Lage buchstäblich *tod*ernst war.

„Sie war schon so, als ich hier reinkam", fügte ich nachträglich hinzu.

„Sieht aus, als wäre sie schon eine Weile hier", sagte er und rümpfte die Nase.

„Ich habe keine Ahnung. Ich wollte nur etwas heißes Wasser für meine morgendliche Dusche. Das ist alles."

Mit letzter Kraft stieß ich mich von der Wand ab und ging vorsichtig um die arme Frau Haberdash herum, um einen letzten Versuch zu starten, von hier wegzukommen.

Die hellen Augen des Polizisten glitten über mich hinweg, und ein leichtes Lächeln umspielte seine Lippen.

„Warten Sie", sagte er und hielt mich auf. Blankes Entsetzen packte mich erneut. „Sie werden mit mir kommen müssen."

Neeeiiiiiiiiin!

3

heriff Schnellschuss ließ mir keine Zeit zum Diskutieren. Als ich zögerte, ihm zu seinem Streifenwagen zu folgen, löste er ein Paar Handschellen von seiner Gürtelschlaufe und ließ sie vor mir baumeln. „Wäre es Ihnen lieber, wenn wir stattdessen mit diesen Schätzchen hantieren würden?"

Das erzielte die erwünschte Reaktion. Ohne weitere Umschweife marschierte ich über den Rasen meiner toten Vermieterin und riss die Beifahrertür auf, um mich hineinzusetzen.

Der Beamte warf mir einen seltsamen Blick zu, aber ich zuckte mit den Schultern. „Wenn ich nicht verhaftet bin, fahre ich auch nicht hinten mit. Ich habe in genug Kleinstädten gelebt, um zu wissen, wie schnell Gerüchte sich verbreiten können." Viel schlimmer konnte es nicht mehr werden, also musste ich um jeden Funken Würde kämpfen, den ich mir bewahren konnte. Ich war bereits aus meiner früheren Heimatstadt vertrieben worden, weil mir die Indiskretion meines Ex-Mannes zu peinlich war.

Seitdem hatte ich kurz in zwei anderen Kleinstädten gelebt, aber keine fühlte sich richtig an. Ich hatte gehofft, dass Beech Grove mir endlich einen Ort bieten würde, an dem ich Wurzeln schlagen könnte, aber das war jetzt wahrscheinlich auch ruiniert. Trotzdem wollte ich die Zeit, die mir hier noch blieb, so angenehm wie möglich gestalten.

Ich warf einen Blick zurück auf Mrs Haberdashs dunkle, imposante Villa. Sie sah wirklich aus wie ein Ort, an dem Morde geschahen. Warum hatte ich das nicht schon früher bemerkt?

Der Polizist schlug die Tür zu, steckte den Schlüssel ins Zündschloss und lachte leise, als der Motor aufheulte. „Sie sind also neu hier?"

Ich nickte zur Bestätigung. „Und ich nehme an, Sie sind es nicht."

„Hier in Beech Grove geboren und aufgewachsen", gab er mit einem leichten Erröten zu. „Das ist alles, was ich je gekannt habe. Ihren Namen weiß ich allerdings nicht. Den haben Sie mir immer noch nicht verraten." Er lächelte vor sich hin, während er den Streifenwagen durch die Straßen manövrierte. Unter anderen Umständen wäre es leicht gewesen, ihn zu mögen, aber jetzt würde er für immer der Typ sein, der mich wegen Mordes verhaftet hatte.

Ich stieß ein sarkastisches Lachen aus, um mein Unbehagen zu verbergen. „Es ist irgendwie schwer, sich selbst vorzustellen, wenn das Gegenüber mit Mordvorwürfen um sich wirft, als wäre es Konfetti."

„Sie drücken sich ja ziemlich gehoben aus. Sind Sie etwa eine neue Professorin an der Akademie?" Wir waren bereits aus der Einfahrt herausgefahren und rumpelten die aufgerissene Nebenstraße hinunter. Er schaute mich kurz an, als würde er eine Art Beurteilung vornehmen.

„Welche Akademie?" Wir waren mindestens eine Stunde von jeder Art von Großstadt entfernt. Schien ein seltsamer Ort für etwas so Ausgefallenes wie eine Akademie zu sein.

Er runzelte die Stirn, klärte mich aber nicht auf. „Wie wäre es, wenn wir noch mal von vorne beginnen? Hi. Ich bin Parker Barnes. Freut mich, Sie kennenzulernen."

Ich hielt den Blick fest nach vorne gerichtet und nickte.

„Und Sie sind?", fragte Parker, nachdem einige Augenblicke in Stille vergangen waren.

„Tawny", antwortete ich, obwohl ich das eigentlich nicht wollte.

„ Das war doch gar nicht so schwer, oder?"

Ich schüttelte den Kopf und stieß einen gequälten Seufzer aus. „Ich möchte wirklich nicht mit einem Typen plaudern, der denkt, ich hätte meine Vermieterin umgebracht. Bringen wir die Befragung einfach hinter uns und gehen wir getrennte Wege. Okay?"

„Touché, Madame. Zum Glück für Sie sind wir schon da."

Das Auto kam ruckartig zum Stehen und ich war überrascht, wie kurz die Fahrt gewesen war.

Ich bekam große Augen beim Anblick des weitläufigen Backsteingebäudes vor uns. Es war nicht nur ein einzelnes Gebäude, sondern ein ganzer Komplex ... und es war definitiv keine Polizeiwache. Ich konnte mich auch nicht daran erinnern, jemals zuvor auf meinen Spaziergängen durch die Stadt daran vorbeigekommen zu sein. Obwohl es offensichtlich nicht weit von meinem Wohnort entfernt war, wenn man die kurze Zeit zwischen dem Einsteigen in den Wagen und dem Erreichen unseres Ziels betrachtete.

„Ich dachte, Sie würden mich auf die Wache bringen?", sagte ich und verschränkte meine Arme in offenem Trotz vor der Brust.

„Das ist die Wache, zumindest für unser heutiges Vorhaben. Kommen Sie. Wir haben schon zu viel Zeit verloren."

Ich drehte mich um und starrte ihn an. Er sah nicht aus wie ein Mörder, Vergewaltiger oder genereller Irrer, aber das hieß nicht, dass er keiner war. Ich weigerte mich, ihm blindlings zu folgen, nur weil er eine Uniform trug. Uniformen konnte man schließlich auch fälschen.

„Alles ist *gerade eben erst* passiert. Wie haben wir da Zeit verloren?", fragte ich und blieb standhaft. „Und nein, ich bin nicht so blöd, mit einem fremden Mann in ein unbekanntes Gebäude zu gehen. Ich bleibe genau hier." Nicht, dass in seinem ebenfalls fremden Auto auszuharren besser gewesen wäre, aber eine Frau musste für sich selbst einstehen – wer würde es sonst tun?

„Okay, aber wenn jemand fragt, sind Sie diejenige, die sich für die harte Tour entschieden hat", antwortete Parker mit einem weiteren Stirnrunzeln, bevor er aus dem Auto stieg.

Ich beobachtete, wie er um den Wagen herummarschierte und dann die Beifahrertür aufstieß. „Raus", sagte er mit fester Stimme.

Ich öffnete den Mund, um mit ihm zu streiten, stieß aber stattdessen einen überraschten Schrei aus. Meine Hände bewegten sich, lösten den Sicherheitsgurt, während meine Füße wie von selbst aus dem Auto stiegen. Ich hatte keinem dieser Körperteile befohlen, das zu tun. „Hey!", rief ich in kläglichem Protest. „Hören Sie damit auf."

„Folgen Sie mir", sagte Parker, wobei nun offensichtliches Vergnügen in seinen hellen Augen funkelte.

Meine Beine reagierten, als gehörten sie ihm und nicht mir. Die nichtsnutzigen Verräter.

Und so marschierte ich in das nicht gekennzeichnete Büro im Nicht-Polizeigebäude, dank meines beängstigend herrischen Begleiters und meiner unerklärlich ungehorsamen Gliedmaßen.

Dieser Tag wurde einfach immer schlimmer.

Und das verhieß definitiv nichts Gutes für das, was als Nächstes passieren sollte.

4

Wir betraten einen kühlen Büroraum, der dunkel und schummrig wirkte, obwohl draußen die späte Morgensonne schien. Okay, ich hatte an diesem Tag vielleicht ein wenig verschlafen, aber ich befand mich gerade zwischen zwei Büchern, also war das nicht wirklich wichtig.

„Ihre Instinkte waren goldrichtig", sagte Parker zu jemandem, den ich nicht sehen konnte. „Haberdash ist tot. Und ich habe die hier am Tatort gefunden."

„Nun, das verheißt nichts Gutes für den Rest des Tages", antwortete eine sanfte Stimme von irgendwo tiefer im Raum. Jedes seiner Worte rollte direkt ins nächste, ohne kleine Atempausen zu machen. Ich würde es fast als serpentinenartig beschreiben, obwohl auch diese Beschreibung nicht ganz richtig war.

Mehr als nur ein wenig neugierig, drehte ich den Kopf von einer Seite zur anderen, konnte den Sprecher aber immer noch nicht ausfindig machen. „Wer ist da? Was wollen Sie von mir?"

Die körperlose Stimme gluckste, und ich glaubte, eine Bewegung in der Zimmerecke zu sehen, aber genauso schnell, wie ich sie entdeckt hatte, war die dunkle Gestalt wieder in die noch dunkleren Schatten zurückgeschlichen.

„Das klingt gar nicht gut. Bringe sie in den Konferenzraum", forderte ihn die Stimme in der gleichen, übermäßig geschliffenen Weise auf. „Ich werde die anderen rufen."

Parker legte eine Hand auf meinen Rücken, aber ich wich vor ihm zurück. „Fassen Sie mich nicht an", schnauzte ich.

„Tut mir leid", sagte er und schien sich aufrichtig zu entschuldigen. Er räusperte sich, bevor er wieder sprach. „Folgen Sie mir. Ähm, bitte."

Meine Beine setzten sich in Bewegung, obwohl mein Verstand sie anschrie, sie sollten aufhören, sich umdrehen und so schnell wie möglich zur Tür hinauslaufen.

Ich war eine leblose Marionette in seinen Händen, der kleine Pinocchio, bevor die gute Fee die Puppe zum Leben erweckte.

Wir gingen einen Flur hinunter, bogen ab und gingen dann bis zum Ende eines anderen Gangs, der in einen großen Besprechungsraum mit einer Glasdecke mündete. Ich wäre beeindruckt gewesen, wenn ich nicht schon mit Angst und Aufregung gleichermaßen zu kämpfen gehabt hätte.

„Was wollen Sie von mir?", verlangte ich zu wissen und suchte in Parkers Augen nach einer Antwort. Ich hoffte, dass ich ihn mit dem richtigen Gesichtsausdruck davon überzeugen könnte, mich gehen zu lassen, bevor ernsthafter Schaden angerichtet wurde.

„Setzen Sie sich", sagte er mit einem scheinbar bedauernden Kopfschütteln. Das kaufte ich ihm nicht ab. Wenn er so traurig darüber wäre, dann hätte er mich gar nicht erst entführt.

Meine Hände bewegten sich, um den nächstgelegenen Stuhl zu greifen.

„Das müssen Sie aber auch nicht", sagte Parker plötzlich, und meine Hände fielen schlaff an meine Seiten. „Es sei denn, Sie wollen es."

„Ich würde lieber stehen", schaffte ich durch

zusammengebissene Zähne zu sagen. „Eigentlich würde ich noch lieber gehen."

Ich ging auf die Tür zu.

„Nein!", rief er, und ich erstarrte auf der Stelle. „Es tut mir leid. Ich weiß, Sie müssen eine Million Fragen haben, und Sie werden auch auf alle Antworten bekommen. Oder zumindest auf die meisten. Wir müssen nur warten, bis ..."

Die Tür flog auf und vier Leute marschierten herein und warfen einen kurzen Blick in meine Richtung, während sie sich um den Tisch versammelten. Die meisten waren viel älter als ich oder Parker. Einer von ihnen sah sogar aus, als würde er in wenigen Tagen seinen hundertsten Geburtstag feiern. Ein langer weißer Bart hing ihm schlaff vor der Brust und ließ ihn ein wenig wie Merlin im Geschäftsanzug aussehen. Wozu sollte ein hundertjähriger Mann einen Geschäftsanzug brauchen, und warum sollte er ihn ausgerechnet jetzt tragen? Dies waren nur einige der vielen Fragen, die mir durch den Kopf gingen, als ich die Neuankömmlinge studierte.

Ich hatte gerade einen Blick unter den Tisch geworfen, um das Schuhwerk einer besonders gut gekleideten Frau zu begutachten, die Ende fünfzig oder Anfang sechzig zu sein schien, als ein schwarzer Kater durch den Türrahmen trottete und mit einem anmutigen, selbstbewussten Satz auf den Tisch sprang.

„Jetzt, wo wir alle hier sind", begann die Stimme, die ich im Vorraum gehört hatte.

Natürlich hörte ich nicht, was er als Nächstes sagte, denn in meinem Gehirn begannen Alarmglocken zu schrillen, als ich begriff, dass diese sanfte Stimme zum Kater gehörte. *Der Kater sprach!*

Und es war nicht nur, dass er redete ... er schien auch noch das Sagen zu haben.

Eine Pfote direkt vor die andere setzend schlenderte er über den Tisch, seine leuchtend gelben Augen direkt auf mich gerichtet. „Und?"

„Und w-was?", stotterte ich. Außerdem zappelte ich und zerrte an meinen Gliedmaßen, aber nichts, was ich versuchte, brachte meine Beine wieder unter meine Kontrolle.

„Sind Sie diejenige, die sie getötet hat?" Die Worte schwebten aus dem Maul des Katers, und mir wurde jetzt klar, warum sie so seltsam klangen. Er brauchte seine Zunge nicht, um die Laute zu formen. Das nahm der Sprache viel von ihrem feuchten Hauchen.

„Keine Antwort", sagte er nachdenklich. „Heißt das, Sie bekennen sich schuldig?"

„Nein!", rief ich. „Jetzt lasst mich in Ruhe!"

Der Kater drehte sich zu Parker um und wartete.

Der einst selbstbewusste Polizeibeamte wirkte in der Gesellschaft des anspruchsvollen Tiers entnervt. „Sie war schon da, als ich ankam. Ich dachte, wir könnten ..."

„... einen Nutzen für sie finden, bis wir herausbekommen, wer es wirklich getan hat. Vorausgesetzt, sie hat die Tat nicht selbst begangen, natürlich. Brillante Idee, Barnes." Der schwarze Kater schlenderte zurück an das Kopfende des Tisches, und die Leute, die zu beiden Seiten saßen, murmelten ihre Zustimmung.

Ich hatte immer noch keine Ahnung, was vor sich ging, aber zumindest wusste ich jetzt, dass sie nicht vorhatten, mich zu töten. „Verzeihung", meldete ich mich zu Wort. „Mich wie nutzen?"

„Oh, das wirst du noch früh genug sehen", versprach der Kater mit einem eher unfreundlichen Lachen.

Damit erhob sich Parker von seinem Stuhl und schritt mit einer ausgestreckten Hand auf mich zu, während er mir ein unbehagliches Lächeln zuwarf.

Die anderen erhoben sich ebenfalls und bildeten eine Reihe hinter ihm, anscheinend darauf wartend, dass sie selbst an der Reihe waren, mich zu begrüßen.

Als ich Parkers Händedruck zögernd erwiderte,

sagte er: „Willkommen bei der paranormalen Zeitarbeitsfirma. Sie sind eingestellt!"

Was? Wie konnte ich eingestellt werden, wenn ich
mich nicht einmal beworben hatte?

Außerdem war da noch die unbedeutende Tatsache, dass ich ganz sicher kein paranormal veranlagter
Mensch war. Ich war die absolute Normalo, und mir
gefiel das, was hier passierte, kein bisschen.

5

ch hatte gerade einen Mord entdeckt, wurde entführt und bekam dann einen Job von einem sprechenden Kater angeboten. Wie viel verrückter könnte dieser Tag noch werden?

Ich schüttelte vehement den Kopf. „Tut mir leid, ich habe schon einen Job."

„Das steht nicht zur Debatte", zischte der Kater zurück. „Bringe sie auf Trab, und zwar schnell, Barnes. Meine Geduld hier ist am Ende."

„Okay. Okay ... Wo soll ich anfangen?", überlegte Parker Barnes laut, während ich mich fragte, ob er wirklich ein Polizist war oder ob das alles von Anfang an eine List gewesen war.

„Diesmal wollen Sie sich wahrscheinlich hinsetzen", sagte er und zog einen Stuhl für mich heraus.

Ich verschränkte die Arme vor der Brust und blieb stehen. „Ich habe es geschafft, den sprechenden Kater durchzustehen, ohne ohnmächtig zu werden. Ich denke, ich kann mit allem umgehen, was Sie als Nächstes sagen werden."

„Wie Sie wollen." Er lachte leise, aber ich glaubte, ein Aufflackern von Respekt in seinem Gesicht zu sehen. „Lila Haberdash war die Stadthexe von Beech Grove, und jetzt, da sie tot ist, ist die Stelle frei. In der Zwischenzeit gehört sie Ihnen."

„Ähm ..." Ich nickte unentwegt mit dem Kopf. „Es gibt nur ein Problem damit."

„Sie sind keine Hexe?", fragte Parker mit hochgezogenen Augenbrauen.

„Ich bin keine Hexe!", rief ich bestätigend und rang dabei die Hände. „Also, danke, aber nein danke. Ich mach mich dann mal auf den Weg."

„Genug mit diesem Blödsinn", schnauzte der Kater. „Wenn du nicht mit ihr klarkommst, dann muss ich das eben übernehmen. Kommen Sie her!"

Ich rannte gegen meinen Willen an seine Seite. Langsam hatte ich die Nase voll von diesem ganzen Gedankenkontrollkram.

Der Kater reckte seine Schnauze hoch in die Luft und gewährte mir einen perfekten Blick auf den kleinen weißen Fleck auf seiner Brust. Normalerweise mochte ich Katzen. Nicht genug, um eine zu besitzen, wohlgemerkt, aber ich mochte sie gern genug, wenn sie die Haustiere anderer Leute waren. Dieser hier stand nun allerdings ganz oben auf meiner Abschussliste.

„Sie wurden von der paranormalen Zeitarbeitsfirma angeheuert", sagte er mit einem Zucken seiner Nase und peitschte mit dem Schwanz. „Das ist ein Job, den Sie nicht ablehnen dürfen."

„Ich glaube, ich weiß, was ich darf …"

„Hören Sie auf zu streiten und sperren Sie die Ohren auf. Sie *werden* Lilas alten Posten als Stadthexe übernehmen, bis wir ihren tatsächlichen Mörder ausfindig machen können, der die Rolle dauerhaft übernehmen wird. Nichts davon steht zur Debatte."

„Warum ist es wichtig, den Mörder zu finden? Können Sie nicht einfach eine Stellenanzeige beim Geisterblatt oder so aufgeben?"

„Niedlich", sagte er mit einem finsteren Blick. „Sie springen für Lila ein, ob es Ihnen gefällt oder nicht. Helfen Sie uns, den Mörder zu finden, und Sie sind umso schneller aus dem Schneider. Ende der Geschichte."

Parker räusperte sich, dann erklärte er den Teil, der mich immer noch am meisten verwirrte. „Magie geht auf den nächstgelegenen Wirt über, wenn ihr ursprünglicher Besitzer stirbt. Wer auch immer Lila getötet hat, hat also wahrscheinlich ihre Magie absorbiert … eine Magie, die auf Beech Grove geeicht und für die dafür vorgesehene Hexe bestimmt ist."

Ich stand still und dachte darüber nach. Parkers Erklärung ergab Sinn, aber sie warf auch so viele neue Fragen auf. Was wäre passiert, wenn niemand anderes in der Nähe gewesen wäre? Was, wenn Mrs Haberdash eines natürlichen Todes gestorben wäre und ihre Magie dann den Weg zu mir, dem einzigen Bewohner des Gästehauses am Rande ihres Grundstücks, gefunden hätte?

Es gefiel mir immer noch nicht, dass man von mir erwartete, bei der Beseitigung dieses Schlamassels zu helfen, obwohl es nichts mit mir zu tun hatte. Mrs Haberdash tat mir natürlich leid. Auch wenn sie keine gute Vermieterin war, hatte sie es nicht verdient, ermordet zu werden. Aber ich hatte es auch nicht verdient, in Gefahr zu geraten, vor allem nicht, wenn die Person, die Haberdash umgebracht hatte, es als Nächstes auf mich abgesehen haben könnte.

Vielleicht hatte ich aber noch einen schnellen und einfachen Ausweg. Ich hob meine Hand und zeigte auf den Kater.

„Kommen Sie her", sagte ich und versuchte,

Macht in den einfachen Befehl zu legen, so, wie ich es bei dem Polizisten und dem Kater gesehen hatte.

Der Chefkater rollte mit den Augen. „Soll ich diesen schwachen Versuch von Magie als Ihr Schuldbekenntnis auffassen?"

„Nein", murmelte ich, während die Verlegenheit meine Wangen glühen ließ.

„Selbst wenn Sie Magie besäßen, was ich im Moment ernsthaft bezweifle, sind Sie nicht stark genug, um mir Befehle zu erteilen. Keiner ist das. Deshalb bin ich der Boss und Sie nur eine Aushilfe. Haben Sie das verstanden?"

„Wie auch immer", antwortete ich schnippisch. „Ich besitze also keine magischen Fähigkeiten. Das sollte dann das Ende dieser Unterhaltung sein. Wie kann ich als Stadthexe einspringen, ohne Magie? Sie haben hier eindeutig die falsche Frau."

„Sie bekommen alles, was Sie zur Erfüllung Ihrer Pflichten brauchen, einschließlich temporärer Magie."

Ich verbiss mir den Widerspruch. An diesem Szenario war eine Menge falsch, aber ... *mir wurde gerade Magie angeboten!* Wie hätte ich da Nein sagen können?

„Gut", sagte ich stattdessen mit einem Achselzucken. „Dann akzeptiere ich. Kann ich jetzt bitte meine Magie haben?"

„Heute Abend bei der Einweisung. Punkt elf Uhr."

„Tut mir leid, ich schlafe nachts."

„Das tun Sie nicht mehr." Der Kater wandte sich mit einem irritierten Schwanzschlag von mir ab und dem Rest der Tafel zu. „Meeting beendet."

Alle gingen, bis auf Parker und ich.

„Tut mir leid, dass ich Sie da mit reinziehe", sagte er. „Aber lassen Sie es sich von jemandem sagen, der sich auskennt: Legen Sie sich nicht so oft mit Mr Fluffikins an. Ihr Leben wird viel einfacher sein, wenn Sie ihm etwas Respekt entgegenbringen."

Ich brach in Gelächter aus, aber Parker schaute nur ängstlich drein.

Aber jetzt mal im Ernst: Was könnte mir eine kleine schwarze Katze namens Mr Fluffikins überhaupt antun?

Leider würde ich das noch in derselben Nacht herausfinden.

6

achdem Parker mich zu Hause abgesetzt
hatte, beendete ich endlich die Dusche,
die ich vor einer gefühlten Ewigkeit
begonnen hatte. Ja, es war immer noch unangenehm
kalt, aber dieses Unbehagen half mir, den Schock aus
den Knochen zu bekommen. Eigentlich war es genau
das, was ich brauchte.

Während ich mich abtrocknete, machte ich eine
mentale Liste der Dinge, die ich wusste:

Meine Vermieterin war eine Hexe gewesen.

Sie war ermordet worden.

Ihr Mörder war immer noch da draußen.

*Nun wurde von mir erwartet, dass ich ihre Rolle
übernahm.*

In dieser Nacht würde ich temporäre Magie erhalten.

Und mein Chef war ein sprechender Kater.

Ich verdiente meinen Lebensunterhalt mit dem Schreiben von Romanen – Geschichten zu erfinden war buchstäblich mein Job –, und trotzdem hätte ich mir so etwas Verrücktes nicht im Traum einfallen lassen können, selbst wenn ich es versucht hätte.

Wenn es nach mir gegangen wäre, hätte ich eine viel würdigere Heldin an meiner Stelle ausgesucht, und statt eines bekloppten Katers hätte ich wahrscheinlich Parker in die maßgebliche Rolle geschrieben. Das wäre eine interessante Prämisse für eine Büroromanze. Gegensätze ziehen sich an, Feinde werden zu Liebenden ... Ja, das erfüllte alle Voraussetzungen für ein gutes Buch.

Aber gerade deshalb sagten die Leute wahrscheinlich, dass das Leben die seltsamsten Geschichten schrieb.

Erst dieses Flittchen vom Lehrer- und Elternverband, und jetzt das. Was für ein fesselndes Leben ich da führte.

Endlich völlig trocken, schlüpfte ich in meine Lieblingsjeans und ein altes T-Shirt, dann zog ich meine Laufschuhe an. Lief ich jemals? Nein, seien Sie nicht albern. Aber es gab mir das Gefühl, dass ich es könnte, wenn ich müsste, und das in Schuhen, die für diesen Zweck gedacht waren.

Andererseits, wenn bei meiner Schulung heute Abend etwas schief gehen sollte, musste ich die armen Turnschuhe vielleicht tatsächlich zum ersten Mal in ihrem elenden Leben benutzen. Mir schauderte. *Daran sollte ich besser nicht denken.*

In meiner unauffälligen Freizeitkleidung machte ich mich auf den Weg nach draußen und schlich den ausgetretenen Pfad zum Hauptwohnsitz meiner ehemaligen Vermieterin hinunter.

Zu meiner Überraschung stellte ich fest, dass ich nicht die Einzige war, die diese Idee hatte.

Eine junge Frau in einem schwarzen Maxikleid mit einer geblümten Strickjacke, abgetragenen Springerstiefeln und einem großen, schlaffen Sonnenhut stand vor dem Haus und starrte zu einem Fenster im zweiten Stock hinauf. Sie war so in ihre Inspektion vertieft, dass sie mich gar nicht zu bemerken schien, als ich mich ihr näherte.

Ich zögerte. Wäre es besser, wenn ich umkehren und so tun würde, als wäre die ganze Sache nie passiert?

Dafür war es zu spät. Ich war jetzt ein Teil davon, ob es mir gefiel oder nicht.

Und so hob ich meine Hand zum Gruß und rief: „Hallo!"

Die andere Frau erschrak so sehr, dass sie es irgendwie schaffte, ihren Hut zu verlieren, den der Wind sofort in einer plötzlichen, spielerischen Böe hinweg fegte.

Wir rannten beide hinterher, aber ein hoch aufragender Ast fing ihn ein, bevor eine von uns eine Chance dazu hatte.

Die Fremde biss sich auf die Lippe und wandte sich mir zu. „Das war mein Lieblingshut."

„Das war meine Lieblingsvermieterin", sagte ich und beschloss, einfach drauflos zu reden, während ich auf das nun leer stehende Haus zusteuerte. „Kannten Sie sie gut?"

„Nicht wirklich", sagte die Frau mit einem letzten Blick auf ihren abhanden gekommenen Hut. Jetzt, da ihr Gesicht vollständig entblößt war, konnte ich erkennen, dass sie noch jünger war, als ich ursprünglich vermutet hatte. Es würde mich nicht wundern, wenn sie erst in den letzten ein oder zwei Jahren die Highschool abgeschlossen hätte.

„Ich bin Tawny", bot ich mit einem warmen Lächeln an. „Und du?"

„Niemand Wichtiges", murmelte sie mit einem weiteren Blick auf ihren verlorenen Sonnenhut.

Ihre langen schwarzen Locken wehten in der Brise und verliehen ihr ein nahezu geisterhaftes Aussehen. „Ich sollte mich wirklich auf den Weg machen."

„Warte", rief ich, nicht ganz sicher, was ich noch sagen sollte. Aber ich konnte sie nicht einfach davonkommen lassen. Was, wenn sie die Mörderin war? Ich war es meiner ehemaligen Vermieterin schuldig, das herauszufinden.

„Was machst du denn hier?", fragte ich, als sie sich mit einem resignierten Seufzer wieder zu mir umdrehte. „Wusstest du, dass Mrs Haberdash ermordet wurde?"

Ihr Blick bohrte sich in meinen, direkt und entschlossen, aber auch undurchdringlich. Mir wurde plötzlich sehr bewusst, dass ich jemandem gegenüberstand, der tödlich gefährlich sein konnte. *War* sie die Mörderin? Hatte sie die Magie, die der Stadt gehörte?

Als sie nicht antwortete, stellte ich eine Vermutung an. „Du wusstest es. Oder etwa nicht? Dass sie getötet wurde, meine ich. Aber weißt du auch, warum jemand ihren Tod wollte?"

„Es war ein Fehler, hierher zu kommen", zischte sie, drehte sich auf dem Absatz um und lief so schnell davon, dass ich keine Chance hatte, sie einzuholen, obwohl ich meine Laufschuhe angezogen hatte.

„Warte", rief ich ihr wieder hinterher, aber das namenlose Mädchen beachtete mich nicht und drehte sich auch nicht um.

Verdammt nochmal.

Ich hatte die Verdächtige genau hier gehabt, konnte aber nichts Brauchbares aus ihr herausbekommen. Wenn sie eine Freundin oder ein Familienmitglied gewesen wäre, hätte sie doch etwas gesagt, oder? Ihr plötzliches Verschwinden schrie förmlich nach einem schlechten Gewissen ... aber könnte sie des Mordes schuldig sein?

Wie dem auch sei, ich hatte das Gefühl, dass diese seltsame Besucherin eher früher als später wieder auftauchen würde. Hoffentlich aber nicht mit mörderischen Absichten, vor allem jetzt, wo sie wusste, dass ich sie verdächtigte.

Bah!

Was war nur los mit mir? Ich hatte die Gefahr nicht umschifft, sondern war kopfüber hineingesprungen.

7

ch verbrachte den Rest des Tages mit dem Versuch, ein paar Seiten zu schreiben, um meinen Agenten glücklich zu machen, scheiterte allerdings kläglich. Natürlich hatte ich viel zu viel im Kopf, um mich zu konzentrieren, was bedeutete, dass mein Agent sich einfach daran gewöhnen musste, für eine Weile unzufrieden mit mir zu sein.

Parker tauchte an diesem Abend fünfzehn Minuten vor elf vor meiner Hütte auf. Offenbar war er mein offizieller Aufpasser, wenn es um die Angelegenheiten der paranormalen Zeitarbeitsfirma ging.

Und obwohl ich nicht das Gefühl hatte, dass ich ständig eine Anstandsdame brauchte, war ich dankbar, dass es wenigstens er war. Immerhin war er nicht so unverschämt wie der Kater. Und er sah auch nicht ganz so schlecht aus.

Mein altes Ich hätte sich dieser Anziehungskraft ein wenig hingegeben, hätte geflirtet, wann immer sich der Moment richtig anfühlte. Aber das hier war das neue Ich, eine Frau, die ich offen gesagt immer noch selbst finden musste.

Seit ich über die Leiche von Mrs Haberdash und direkt in diese schöne neue Welt voller seltsamer Magie gestolpert war, hatte ich mich verändert. Sicher, es war erst heute Morgen passiert, aber diese beiden einmaligen Ereignisse zusammen sorgten für eine monumentale Veränderung in dem, was ich über mich selbst und die Welt um mich herum wusste.

Ich ging hinaus zu Parkers Wagen und trug ein Selbstvertrauen zur Schau, das ich nicht so wirklich besaß. Außerdem hatte ich einen fließenden schwarzen, bodenlangen Rock und ein enges schwarzes Lederbustier an, alte Stiefel, die größtenteils unter dem Rock versteckt waren, und mein liebstes aufsehenerregendes Schmuckstück: eine glänzende schwarze Metallkette, an der einige interessante Figuren befestigt waren, die irgendwie wie ein Adler aussahen, wenn man ein bisschen die Augen zusammenkniff.

Anscheinend zeigte ich auch mehr Dekolleté, als mein Begleiter erwartet hatte. Er wurde unter seinem Bart rot, während seine Augen auf besagtes schielten.

„Sie hätten sich dafür nicht aufbrezeln müssen", murmelte er und krallte seine Hände noch fester ums Lenkrad.

„Ist das Ihre Art zu sagen, dass ich gut aussehe?", neckte ich ihn. Okay, vielleicht war doch noch etwas von meinem alten Ich übrig.

Parker hüstelte verlegen. „Klar, wieso nicht. Ähm, hatten Sie einen schönen Tag?"

„Ich glaube nicht, dass man sich von einer Mordanklage und der Entdeckung, dass Magie existiert, erholen kann, also nennen wir den heutigen Tag stattdessen einfach *interessant*."

„Wir wissen, dass Sie sie wahrscheinlich nicht getötet haben, falls das hilft", bot er mit einem entschuldigenden Achselzucken an.

Oh, prima. Sie wussten, dass ich *wahrscheinlich* unschuldig war, was bedeutete, dass ich noch nicht ganz aus dem Schneider war. Es bedeutete außerdem ... „ Sie haben den wahren Mörder also noch nicht erwischt", sagte ich seufzend.

„Nein, aber wir haben einige Hinweise." Parkers Ausdruck blieb angespannt, ernst.

Ich hingegen zog es vor, die Stimmung ein wenig

aufzulockern, vor allem, da ich mich eh schon zu Tode erschreckt fühlte. „Also, was sind Sie? Sind Sie tatsächlich ein Bulle, oder war der ganze Pomp heute Morgen nur dazu gedacht, um mir was vorzumachen?"

Ich erwartete, dass er bei meinem spielerischen Geplänkel etwas lockerer würde, aber keine Chance. Er richtete sich in seinem Sitz auf und wirkte noch präsenter. Sein Kiefer verspannte sich, und er straffte die Schultern. Hatte er Angst vor mir, oder konnte er generell nicht gut mit Menschen umgehen?

„Ich bin ein Gesetzeshüter, ja", sagte er, seine Stimme tiefer als sonst. „Ich bin auch der paranormale Verbindungsmann zur Polizei."

„Sie sind also gleich zweimal Polizist?", fragte ich und rümpfte spielerisch die Nase.

Schließlich breitete sich ein Lächeln auf seinem Gesicht aus. „So etwas in der Art, ja."

„Und der Kater ist Ihr Chef. Was ist mit all den anderen Leuten, die heute Morgen da waren?" Wenn mir jemand Informationen geben würde, dann Parker, also beschloss ich, ihn auf der Fahrt so weit wie möglich auszuquetschen. Es würde einfacher sein, ihm privat auf den Zahn zu fühlen, und nicht unter den wachsamen Augen von Mr Fluffikins.

Er schaute mich kurz an und das Auto fuhr mit einem Ruck in Richtung Bordstein. Vielleicht war es nicht meine beste Idee, von ihm Multitasking hinter dem Steuer zu erwarten.

Parker richtete seine Aufmerksamkeit wieder auf die Straße. „Sie meinen, die anderen Kontaktpersonen?"

„Wenn das diejenigen sind, die da am Tisch im Konferenzraum saßen, dann ja." Ich dachte zurück an die Frau mit dem fantastischen Outfit und den uralten Kerl mit Merlinbart und Geschäftsanzug. Die anderen beiden hatten weniger Eindruck auf mich gemacht, aber wer auch immer sie waren, sie waren wichtig genug, um bei diesem Treffen dabei zu sein. Das bedeutete, dass ich sie nicht außer Acht lassen sollte.

Parker nickte und richtete seine Hände am Lenkrad neu aus. „Ja, wir sind alle Verbindungsleute. Ich bin der Verbindungsmann für die Polizei. Jeder von ihnen hat ein Auge auf andere wichtige, einflussreiche Stellen in der Region."

Ich biss mir auf die Lippe, um nicht die Stirn zu runzeln. Ich kam mir dumm vor, weil ich so wenig wusste, und ich hasste nichts mehr, als mich dumm zu fühlen. „Das ist ziemlich vage. Wollen Sie damit sagen, dass Sie sich für die paranormalen Interessen bei der Polizei einsetzen?"

Das Auto bockte, als Parker plötzlich auf die Bremse trat – ob aus Versehen oder mit Absicht, konnte ich nicht genau sagen. Er ging von der Bremse, bevor wir ganz zum Stehen kamen. Zum Glück war niemand hinter uns gefahren, sonst hätten wir jetzt beide ein schweres Schleudertrauma.

Parkers Stimme wurde heiser und panisch. „Nein, nein. Meine Güte, nein. Nichtmagische Menschen wissen nichts über uns, also dürfen wir auch niemandem etwas verraten. Wir beobachten nur, um uns vor ihnen zu schützen. Nicht andersherum."

Die Tatsache, dass er so nervös war, musste doch bedeuten, dass ich schlaue Fragen stellte, oder? Ich beschloss, weiterzumachen, obwohl ich mir bei so einem zappeligen Fahrer mehr als nur ein paar Sorgen um meine Sicherheit machte. „Äh, hallo. Ich bin Nicht-Magier, aber Sie haben keine Zeit verschwendet, mich einzuweihen."

„Sie tauchten am Tatort einer unserer wichtigsten magischen Einheimischen auf, also ja. Wir hatten keine andere Wahl, als Sie mit an Bord zu holen. Außerdem werden Sie etwas Magie in sich tragen, bevor die Nacht vorbei ist."

Ein Schauer der Erregung durchfuhr mich. Ich war im Begriff, Magie zu erhalten. Das machte die ganze Sache, eine Mordverdächtige zu sein, fast wieder wett.

Fast.

8

Die Fahrt war kurz und holprig, dank Parkers unberechenbarem Verhalten hinter dem Steuer. Dieses Mal war ich sogar froh, den dunklen Bürokomplex zu sehen, denn das bedeutete, dass wir es ohne den epischen Autounfall, den ich bereits halb erwartet hatte, zu unserem Ziel geschafft hatten.

Im paranormalen Hauptquartier führte mich Parker in die entgegengesetzte Richtung, in die wir am Morgen gegangen waren. Eine Reihe von langen Fluren brachte uns in einen großen, widerhallenden Raum, in dem alle Möbel weggeräumt und der Teppichboden herausgerissen worden war.

„Die Kaution für diese Wohnung bekommt ihr definitiv nicht zurück", murmelte ich und erinnerte mich an die Zeit, in der ich meine eigene verwirkt hatte, dank eines missglückten Versuchs, Kerzen herzustellen. Zufälligerweise war das kein Hobby, das ich beibehalten wollte.

Ich drehte mich zu Parker um, um zu sehen, wie mein Witz ankam, aber bevor ich ihm in die Augen sehen konnte, gesellte sich ein Neuankömmling zu uns.

Mr Fluffikins hüpfte aus einem Loch in der Decke, wo eine der abgehängten Deckenplatten entfernt worden war, zu uns herunter. Er landete mit einem dumpfen Aufprall direkt vor mir und bewies damit endgültig – zumindest mir –, dass Katzen immer auf ihren Pfoten landeten.

„Guten Abend", säuselte er und schien mit sich selbst, wenngleich nicht mit mir, ziemlich zufrieden zu sein.

„Danke, dass du sie zu mir gebracht hast, Barnes", sagte er und nickte Parker knapp zu. „Das wäre dann alles. Wegtreten."

„Warten Sie", rief ich ihm hinterher, aber entweder hörte er mich nicht oder es war ihm egal.

Ich betrachtete den schwarzen Kater mit wachsendem Unbehagen. Irgendetwas sagte mir, dass er bei meiner großartigen Einführung in die Magie nicht gerade zimperlich sein würde.

„Mensch", sagte er und zuckte rhythmisch mit der Schwanzspitze, während er mich betrachtete. „Es ist Zeit zu ..."

„Ich heiße Tawny", informierte ich ihn.

Seine Augen weiteten sich, als ob das Aussprechen meines Namens irgendwie eine Beleidigung gewesen wäre. „Das ist nicht wichtig. Was wichtig ist, ist, dass ..."

„Eigentlich ist mein Name ziemlich wichtig, und ich wäre Ihnen dankbar, wenn Sie ihn benutzen würden." Wenn ich jetzt nicht ein paar Regeln aufstellte, bezweifelte ich, dass ich sie später einführen konnte. Und wenn ich lange genug bleiben wollte, um die Sache mit der Stadthexe richtig zu machen, dann musste ich zumindest darauf drängen, dass er meinen tatsächlichen Namen benutzte.

Mr Fluffikins erhob sich und umkreiste mich. „Das ist eine ziemlich hohe Forderung von jemandem, der immer noch unter Mordverdacht steht."

„Eigentlich ist es eine ziemlich einfache Bitte. Sie erwarten von mir, Magie zu erlernen und vorübergehend für eine Hexe einzuspringen. Alles, worum ich Sie bitte, ist, dass Sie mich mit ein wenig Respekt behandeln."

Der Kater blieb stehen, neigte den Kopf zur Seite und beobachtete mich mit seinen goldenen Augen.

Wir schwiegen beide, unwillig, nachzugeben. Soweit es mich betraf, hatte ich hier die besseren Druckmittel. Er mochte die Magie auf seiner Seite haben, aber er brauchte mich auch – und aus irgendeinem Grund musste ich es sein, auch wenn ich keine Ahnung hatte, warum.

Nach einer gefühlten Ewigkeit lachte der Kater endlich. Nicht nur ein kleines Glucksen, sondern ein zwerchfellerschütterndes Gelächter.

„Sie werden mich nicht schonen, wie ich sehe. Ich hoffe, Sie wissen, dass ich Ihnen die gleiche Höflichkeit entgegenbringen werde. Also *Tawny,* aber denken Sie daran, Ihre zukünftigen Forderungen werden auf viel mehr Widerstand stoßen."

„Danke", sagte ich zwischen zusammengebissenen Zähnen. Auch wenn er endlich nachgegeben hatte, war ich immer noch nervös. Warum konnte Parker nicht bei uns bleiben? Es wäre so viel einfacher gewesen, ein freundliches Gesicht dabei zu haben, auch wenn er immer noch ein weitgehend Fremder war. Aber der gut aussehende Polizist war mir allemal lieber als der gruselige Zauberkater.

„Und was jetzt?", fragte ich, als Mr Fluffikins keine Anstalten machte, sich zu erklären.

„Jetzt", sagte er, während er die ausgefahrenen Krallen an einer seiner Vorderpfoten studierte. „Jetzt gewähre ich Ihnen vorübergehend Zugang zu Magie."

„*Magie*", wiederholte ich und genoss die Macht des Wortes auf meiner Zunge.

Der schwarze Kater nickte und zog die Krallen wieder ein. „Es wird keine perfekte Übereinstimmung mit der von Lila sein, aber zumindest eine recht gute Nachbildung und sollte Ihnen erlauben, ihren Posten vorübergehend zu besetzen. Es sei denn, Sie haben sie tatsächlich getötet und ihr magisches Erbe bereits in sich aufgenommen."

„Habe ich nicht ..." Prompt wurde ich von einem starken Windstoß unterbrochen, der durch den Raum fegte und mich von den Füßen warf.

Autsch, autsch, autsch. Alles tat mir weh. Mein Kopf, meine Brust und vor allem mein Hintern.

„Was war das?", schrie ich. Er wollte – brauchte – meine Hilfe, richtig? Warum griff er mich dann auf einmal an?

Mr Fluffikins öffnete sein Maul, aber anstatt meine sehr berechtigte Frage zu beantworten, stieß er eine Wolke züngelndes Feuer aus.

Diese raste so schnell und zielstrebig auf mich zu, dass ich ihr unmöglich hätte ausweichen können, selbst wenn ich noch auf den Beinen gestanden hätte.

Dann, im Bruchteil eines Augenblicks,

verschwand die Flamme, kurz bevor sie in mein Gesicht krachte und mich in eine Art geschmolzene Wachskugel verwandelte.

„Sie sind verrückt!", schrie ich, aber die Angst ließ meine Worte wirr und undeutlich klingen. „Lassen Sie mich hier raus!"

Fluffikins lachte, während er langsam auf mich zuschlenderte. Ich holte tief Luft und machte mich auf das gefasst, was als Nächstes kam. Wir wussten beide, dass ich nicht den Hauch einer Chance hatte, hier als Sieger hervorzugehen.

Was für eine Art zu sterben!

9

„Entspannen Sie sich", murmelte Fluffikins, während er mir immer näher kam.

Sofort lockerten sich meine Muskeln, und mein rasender Puls beruhigte sich.

Der magische Kater beobachtete mich einen Moment lang.

Als er überzeugt war, dass ich seine Anweisung brav befolgt hatte, fuhr er mit seiner erschreckenden Präsentation fort. „Ich musste mich vergewissern, dass Sie nicht bereits über Magie verfügen, die Sie zu verbergen versuchen. Ich bin mir sicher, dass Sie nicht viel Übung haben, was bedeutet, dass Sie nicht in der Lage gewesen wären, sich selbst daran zu hindern, Ihre Abwehrkräfte bei einer plötzlichen äußeren Bedrohung zu entfesseln."

„Sie sind verrückt", zischte ich wieder. Mein Körper war ruhig, aber mein Verstand raste immer noch. „Ich habe keine Magie, und es gefällt mir überhaupt nicht, dass Sie versuchen, mich in einen Braten zu verwandeln!"

Ein Lächeln zog sich von einer seiner bärtigen Wangen zur anderen. „Einem Menschen Magie anzuvertrauen, ist keine Kleinigkeit. Ihre Spezies hat nicht gerade die beste Erfolgsbilanz, wenn es darum geht, Macht jeglicher Art auszuüben."

Damit hatte er wohl recht. Aber auch wenn er die Menschheit durchschaut hatte, bedeutete das nicht, dass er *mich* kannte.

„Greifen Sie mich nicht mehr an", befahl ich und wünschte, ich hätte bereits die Magie, ihn zu zwingen, meinem Befehl zu gehorchen, so wie er mich gezwungen hatte, ruhig zu sein.

„Das hatte ich nicht vor. Jetzt warten Sie kurz." Er duckte sich und sprang dann in dasselbe Loch in der Decke, aus dem er vorhin aufgetaucht war.

Fluffikins war ein unnatürlich begabter Athlet, das war sicher. *Oh, richtig. Magie, gah.*

Als er zurückkam, hatte er eine einfache glämzende Brosche im Maul. Sie sah aus wie eine Kreuzung zwischen einem Schmetterling und einer Schleife und schien aus glänzendem Silber zu sein. Er ließ sie zu meinen Füßen fallen. „Ihre Wahl an Kleidung ist nicht gerade passend", sagte er in seiner abweisenden, fast schlangenhaften Art.

Ich starrte Fluffikins an. Er mochte hier der Boss sein, aber das gab ihm nicht das Recht, jeden Aspekt meines Lebens zu kontrollieren. Seine letzte Stichelei schmerzte mich, besonders weil ich mir so viel Mühe gegeben hatte, nett auszusehen.

„Keine Beleidigungen mehr", knurrte ich.

Aber er ließ nicht locker. „Es ist nur so, dass Sie sehr viel Haut zeigen. Das hier ist Ihr magisches Abzeichen." Er legte eine Pfote auf die silberne Brosche. „Es muss nah an Ihrem Herzen angebracht werden, um die beste Wirkung zu erreichen."

Ich blickte auf mein üppiges Dekolleté und schnitt eine Grimasse. „Oh, ich verstehe. *Hmmmm.*"

„Könnten Sie vielleicht einfach ...?" Er stockte, und, nun ja, wenn Sie noch nie eine schwarze Katze erröten gesehen haben, verspreche ich Ihnen, dass es ein sehenswerter Anblick ist. Fluffikins hustete, verschluckte sich, und würgte schließlich einen schleimigen Haarballen hoch, der direkt vor meine Füße gespuckt wurde. Charmant.

Ich griff nach der schimmernden Brosche und versuchte mein Bestes, nicht auf das eklige Ding zu schauen, das gefährlich nah lag. „Wie ist das?", fragte ich, nachdem ich sie ganz oben an meinem Bustier befestigt hatte, sodass sie leicht über den Ausschnitt hinausragte.

„Na gut, dann wollen wir es mal ausprobieren." Fluffikins gewann seine Fassung wieder, zwinkerte, dann warf er einen weiteren Windstoß in meine Richtung.

Diesmal hob ich beide Hände vor mich, und der Wind legte sich sofort, ohne auch nur ein einziges Haar auf meinem Kopf zu kräuseln. Erschrocken musterte ich meine Hände auf der Suche nach der Magie, die gerade von ihnen ausgegangen war. Sie sahen noch genauso aus wie immer, und fühlten sich auch so an.

Ich hatte allerdings nicht viel Zeit, darüber nachzudenken, denn als Nächstes kam das Feuer. Instinktiv streckte ich meine Hände vor und stieß einen Wasserstrahl aus, der mit Fluffikins' Flammen kollidierte, wodurch beide sich in Luft auflösten.

Der Kater hatte jetzt einen geradezu selbstgefälligen Gesichtsausdruck. „Sehen Sie. Sie können nicht anders, als sich zu verteidigen."

„Aber wie? Ich habe definitiv nichts davon mit Absicht gemacht." Ich betrachtete meine Hände weiterhin genau, als würden sie plötzlich alle Geheimnisse des Universums preisgeben. Leider fühlte ich mich immer noch genauso verwirrt wie vorher, möglicherweise sogar noch mehr.

„Magie auszuüben ist für diejenigen, die sie besitzen, so einfach und natürlich wie das Atmen. Ja, man muss üben, um sie zu stärken, aber unsere natürlichen Fähigkeiten sind uns angeboren."

„Aber ich bin nicht von Natur aus magisch. Ich sollte nicht in der Lage sein, zu tun, was ich gerade getan habe", argumentierte ich. Ich schrieb zwar keine Fantasy, aber ich hatte genug davon gelesen, um zu wissen, dass Magie viel Übung und Selbstbeherrschung erforderte. Die Sache mit Fluffikins heute Abend entpuppte sich als das genaue Gegenteil.

Er zuckte mit den Schultern, als ob ihn das alles nichts anginge. „Jeder hat das Potenzial. Nur wenige merken, dass es da ist."

„Also hat jeder einzelne Mensch auf der ganzen Welt Magie?", wunderte ich mich. Wie konnte eine so gewaltige Sache geheim gehalten werden? Lag es an Leuten wie Parker und Fluffikins und all den anderen paranormalen Verbindungsleuten auf der Welt? War ich jetzt ein Teil davon? *Wow.*

„Bei erwachsenen Menschen ist es weniger als ein Bruchteil eines Prozents", informierte mich Fluffikins mit einem zufriedenen Grinsen. „Die meisten sind zu sehr mit anderen Aspekten ihres hektischen Lebens beschäftigt."

„Sie haben Erwachsene gesagt", betonte ich, als ich mich endlich wieder auf die Füße stellte. „Heißt das ...?"

„Ja, viele Kinder haben noch Zugang zu ihrer angeborenen Magie, aber wenn sie älter werden, überzeugen die Erwachsenen in ihrem Leben sie davon, dass sie nicht real ist, und schließlich verlieren die meisten diesen Funken."

„Das ist eigentlich sehr traurig", seufzte ich.

„Wir haben schon mehr als genug Durcheinander zu beseitigen wegen der paar Menschen, die ihre Magie behalten. Was glauben Sie, warum es hier so viele streunende Katzen gibt? Es ist unsere Aufgabe, ein Auge auf euch zu haben und die Sachen in Ordnung zu bringen, bevor irgendwelche anderen Menschen merken, was los ist."

„Streunende Katzen sind also ...?"

„Außendienstmitarbeiter, ja. Wenn Sie mal etwas Geld übrig haben, spenden Sie es Ihrem örtlichen Tierheim. Wir haben zu viele gute Agenten verloren ..." Er schüttelte den Kopf. „Vergessen Sie's."

„Ich werde tun, was ich kann", versprach ich und fragte mich, ob es in Ordnung wäre, ihn zu streicheln, oder ob eine solche Geste eher herablassend als tröstend wirken würde. „Und was jetzt?"

„Sie gehen jetzt nach Hause und ruhen sich etwas aus. Ich hole Sie morgen früh ab, damit Sie sich in Ihre Pflichten als Stadthexe einarbeiten können."

Ich wollte mich bei ihm bedanken, mich für die Freunde entschuldigen, die er im Einsatz verloren hatte, aber bevor ich etwas sagen konnte, erhob er seine Stimme und brüllte: „Barnes!"

Parker erschien fast sofort, packte mich am Arm und führte mich weg. Es sah also so aus, als müsste ich auf weitere Antworten bis morgen warten.

10

ch wusste, dass ich versuchen sollte, etwas Schlaf zu finden, aber ich war viel zu aufgeregt, als dass dies möglich gewesen wäre. Ich hatte immer noch so viele Fragen, die in meinem Gehirn kreisten, und sie brauchten Antworten.

Natürlich war Parker auf der Fahrt nach Hause relativ wortkarg geblieben, was mich meinen eigenen inneren Gedankengängen überließ.

Vor allem ein Gedanke beherrschte mich von Anfang an: „O MEIN GOTT, ICH HABE JETZT MAGIE! JUCHHUUU!"

Sobald ich zu Hause war, wollte ich unbedingt meine neuen Kräfte ausprobieren, stapfte nach draußen und wartete im Hof, in der Hoffnung auf einige heftige Winde, die ich bezwingen konnte ...

Aber die Nacht blieb ruhig, windstill und höchst unkooperativ. Ich überlegte kurz, ob ich ein Lagerfeuer machen sollte, um es mit dem Wasser zu löschen, das mir aus den Händen floss. Andererseits, wer sagte, dass sich meine Fähigkeiten darauf beschränkten, die Elemente zu besänftigen? Sowohl Parker als auch Fluffikins hatten eine Form der Gedankenkontrolle an mir angewendet, und obwohl ich jetzt niemanden hatte, der mich beeinflussen konnte, wettete ich, dass ich fast alles tun konnte, was ich mir in den Kopf setzte.

Schau'n wir mal ...

Fluffikins hatte die Magie einfach aus mir herausgezogen, ohne dass einer von uns beiden viel darüber nachdenken musste, aber jetzt, wo ich auf mich allein gestellt war, wusste ich nicht wirklich, wo ich anfangen sollte.

Ich sah mir die Brosche, die an meinem Oberteil befestigt war, genauer an, als ob sie die Antwort in großen fetten Buchstaben anzeigen würde. Nein, leider nicht.

Ich wusste noch nicht einmal, was mein neuer Aushilfsjob als Stadthexe beinhaltete. Was würden meine Aufgaben sein? Welche Art von Magie würde ich ausüben können? Fluffikins hatte mir nur sehr wenig erklärt.

Glücklicherweise war ich als Autorin von Berufs wegen schon daran gewöhnt, meiner Fantasie freien Lauf zu lassen. Zugegeben, ich schrieb hauptsächlich zeitgenössische Liebesromane, die in der realen Welt spielten – Sie wissen schon, die Welt, von der ich bis heute glaubte, dass sie keine Magie enthielt. Wenn ich meine Bücher schrieb, dachte ich mir normalerweise lustige Zufälle aus, wie die Heldinnen ihre Helden kennenlernten, oder großartige romantische Gesten, mit denen die Helden ihre Heldinnen zurückgewinnen konnten, nachdem sie totalen Mist gebaut hatten. Und obwohl ich in beidem echt gut war, half nichts davon dabei, meine neu erworbenen, paranormalen Fähigkeiten zu erforschen.

Vielleicht, wenn ich einen Liebeszauber ausspre-chen wollte oder so ... Moment, war das etwas, wozu ich jetzt tatsächlich in der Lage wäre? Der Atem stockte mir, als mir klar wurde, wie endlos die Möglichkeiten sein könnten.

Unwillkürlich fragte ich mich, wie viel von den allgemeinen Überlieferungen über Hexen auf der Realität beruhte und wie viel einfach das Werk über-aktiver Fantasien wie meiner war.

In Gedanken ging ich durch, wie ich Hexen in den populären Medien dargestellt gesehen hatte.

Eine schwarze Katze als Vertraute? *Stimmt.*

Grün und hässlich? *Auf keinen Fall.* Zumindest nicht grün und wahrscheinlich auch nicht hässlich.

Schickes Zauberbuch? *Noch nicht.*

Ein fliegender Besen? *Moment ...*

Wäre ich wirklich in der Lage zu fliegen? Und wenn ja, würde ich einen Besen brauchen?

Ja, Fliegen stand definitiv auf meiner Liste der zu erledigenden Aufgaben.

Ich war halb versucht, es jetzt zu versuchen und vom Dach zu springen, was die Überlebensinstinkte in Aktion treten lassen würde, wie es bei Fluffikins gewesen war. Das schien mir jedoch nicht die klügste Idee zu sein, wenn ich niemanden in der Nähe hatte, der etwas Heilung herbeizaubern oder einen Krankenwagen rufen konnte, falls es schiefging.

Das mit dem Fliegen würde definitiv warten müssen ...

Aber was konnten Hexen sonst tun?

Hmmm. Vielleicht könnte ich mich verwandeln. Warum nicht?

Entschlossen, etwas zu finden, das ich allein tun konnte, ging ich ins winzige Badezimmer in meinem Häuschen, legte beide Hände auf das Waschbecken und starrte mich im Spiegel an.

Wollen wir doch mal sehen. Wollen wir doch mal sehen. In was könnte ich mich verwandeln?

Mein Blick blieb auf dem Duschvorhang mit seinem knallpinken Flamingodruck hängen, dem einzigen Gegenstand, der in diesem funktionalen, aber nicht gerade ansprechenden Raum etwas Persönlichkeit ausstrahlte.

Ein Flamingo, okay. Ich stellte mir die Vögel in meinem Kopf vor und katalogisierte alles, was ich über sie wusste, von ihren auffallend bunten Federn bis hin zu ihrer Vorliebe, immer nur auf einem Fuß zu stehen. Ich kniff die Augen zusammen, hielt das Bild in meinem Kopf fest und stellte mir vor, wie ich diese Gestalt annahm.

Einfach. An. Rosa. Denken.

Es war eine vollkommen logische Methode, und ich gab der Visualisierung alles, was ich hatte … Es passierte trotzdem nichts.

Verdammt noch mal!

Ich öffnete die Augen wieder, bereit, mein Spiegelbild für seine Weigerung, Anweisungen zu befolgen, zurechtzuweisen. Stattdessen stieß ich ein scharfes Keuchen aus.

Ich war zwar kein Flamingo, aber meine Haarfarbe *hatte* sich in ein leuchtendes Kaugummirosa verwandelt, das perfekt zur Farbe der Vögel auf dem Duschvorhang passte.

Rosa Haare. Ich hatte das mit Magie bewirkt –

meiner Magie – und es sah gar nicht mal so schlecht aus, wenn man es recht bedachte.

Zugegeben, ich wusste immer noch nicht, wie ich es geschafft hatte, nur meine Haare zu verändern, wo ich doch eigentlich meinen ganzen Körper verändern wollte, aber ich war begeistert, dass ich überhaupt etwas geschafft hatte, auch wenn es nur etwas ganz Minimales war.

Ich rief mir meine Liste von vorhin noch einmal ins Bewusstsein zurück.

Grün? *Nein.*

Hässlich? *Nicht mit dieser coolen neuen Frisur.*

Ja, ich hatte mir meine neuen Kräfte zunutze gemacht und etwas Magisches getan. Kein schlechter Start für eine Hexe, die noch eine Anfängerin war. Was auch immer diese Stadthexen-Sache mit sich brachte, ich würde es schaffen.

Und wer weiß? Vielleicht könnte ich morgen das Fliegen in Angriff nehmen.

Berühmte letzte Worte.

11

Am nächsten Morgen riss mich ein furchtbares Kreischen aus meinem ohnehin schon unruhigen Schlaf. Ich rappelte mich auf, stieß mit dem Rücken gegen das antike Kopfteil und ließ einen gewissen schwarzen Kater aus dem Bett purzeln.

„Was machst du denn hier?", schrie ich und presste die Bettdecke an meine Brust.

Mr Fluffikins hüpfte wieder auf das Fußende meines Bettes und musterte mich skeptisch. „Wenn schon, denn schon. Bleiben wir also beim du." Er sah mich so arrogant an, dass ich wie zum Trotz nickte. „Ich habe dir doch schon gesagt, dass wir heute Morgen mit deinem Training weitermachen."

„Aber draußen ist es noch dunkel." Ich wusste,

dass ich jammerte wie ein Kind, das gerade am ersten Schultag nach besonders wunderbaren Weihnachtsferien geweckt worden war, aber es war mir egal. Ich war zu wütend, um mir Gedanken darüber zu machen, wie ich auf die Person – *den Kater* – wirkte, die mich überhaupt erst so wütend gemacht hatte. „Außerdem hast du nichts davon gesagt, in mein Haus einzubrechen. Das ist nicht in Ordnung."

Er kniff die Augen zusammen und knurrte, dann richtete er sich wieder auf, stolz und groß, und zeigte den kleinen weißen Fleck auf seiner Brust. „Ich bin nicht eingebrochen. Ich habe einfach Magie benutzt, um mir Zutritt zu verschaffen", erklärte er in trägem Tonfall. „Und es ist sechs Uhr morgens, eine perfekte Zeit, aufzuwachen und mit deinem neuen Mentor zu frühstücken."

Ich starrte ihn mit offenem Mund an. Nicht nur, dass er zu dieser unziemlichen Stunde in meinem Schlafzimmer auftauchte, jetzt erwartete er auch noch, dass ich ihm Frühstück machte? Nun, ich hoffte, er mochte kaltes Müsli, denn das war alles, was er bekam.

„Warte unten auf mich", befahl ich, aber Fluffikins rührte sich nicht. „Ich meine es ernst. Ich habe keine Hose an und brauche etwas Zeit, um mich zurechtzumachen."

„Du schienst gestern Abend nicht sehr darauf bedacht zu sein, anständig zu erscheinen", stieß er hervor.

Oh, nein. Ich würde mich sicher nicht von einem sprechenden Kater als Schlampe beschimpfen lassen. „Raus hier!", schrie ich und warf mein Kissen nach ihm.

Wenigstens gehorchte er dieses Mal. „Die anderen werden bald hier sein, also beeile dich bitte", informierte er mich auf dem Weg nach draußen.

„Oh, du kannst mich mal", murmelte ich vor mich hin, während ich mich beeilte, die erstbeste Hose anzuziehen, die ich fand.

Als ich aus meinem Zimmer kam, trug ich eine Pyjamahose und ein Trägerhemd. Ich weigerte mich, es mir weniger bequem zu machen, da Fluffikins wahrscheinlich sowieso missbilligen würde, was ich anhatte.

Er saß wartend an meinem Küchentisch – oder besser gesagt, auf ihm. Zu ihm hatte sich die streng aussehende Frau gesellt, die ich vom Sitzungssaal her wiedererkannte, obwohl sie gestern nicht viel gesprochen hatte und auch jetzt keinen besonderen Eindruck machte.

„Tawny", schnurrte Fluffikins. „Das ist Greta. Sie wird dir heute bei deiner Orientierung helfen."

„Hei, Greta", sagte ich, als ich an den beiden vorbei zum Kühlschrank ging. Ich hielt nicht viele Lebensmittel vorrätig, aber ich hatte ein ganzes Regal voll mit meinem Lieblingseiskaffee. Ich schnappte mir einen, drehte den Deckel ab und nahm einen langen, lebensspendenden Schluck. Definitiv der beste Teil meines Morgens, besonders da meine Dusche immer noch kaputt war.

Als ich die Glasflasche absetzte, starrten mich meine beiden ungebetenen Gäste ungeniert an.

„Greta ist unsere Kontaktperson für die Schulen der Region", sagte der Kater. „Sie kümmert sich um unsere Interessen, was die öffentliche Bildung angeht, ähnlich wie Barnes die Polizei überwacht."

Ich nickte. „Verstanden."

Hmmm, warum durfte Greta ihren Vornamen behalten, während Fluffikins Parker immer bei seinem Nachnamen rief?

Anstatt meine unausgesprochene Frage zu beantworten, sagte mein neuer Chef: „Wie du sicher schon selbst festgestellt hast, ist sie die perfekte Person, um deine magische Ausbildung zu beginnen."

Greta trommelte mit den Fingern auf die Tischplatte und schenkte mir ein Lächeln. „Sollen wir anfangen?"

„Zuerst das Frühstück", korrigierte Fluffikins sie

und besaß dann tatsächlich die Dreistigkeit, sich die Lippen zu lecken. „Leider hatte ich keine Zeit, mir was zu besorgen, bevor ich hierher kam."

Du hättest auch einfach später kommen können, dachte ich. *Viel später.*

„Frühstück, gut. Was essen magische Kater gerne?"

Fluffikins und Greta wechselten einen amüsierten Blick.

„Alle Katzen sind magisch", sagte sie mir mit einem Kichern. „Nur Menschen sind es nicht."

Ich ignorierte die Andeutung, dass ich die Besonderheiten ihrer seltsamen geheimen Welt bereits kennen sollte, und kam stattdessen wieder zur Sache. „Also, was? Willst du Thunfisch aus der Dose oder so?"

„Hey! Dieses Klischee ist beleidigend", zischte der schwarze Kater. „Ich würde viel lieber ein feines Steak essen."

„Ich habe kein Steak." Und selbst wenn ich eins hätte, wäre ich nicht bereit, es frühmorgens für einen herrischen Kater zuzubereiten, zumal ich immer nur genug für eine Person einkaufte – mich. „Ich glaube, ich hab nicht einmal Thunfisch, wenn ich so darüber nachdenke. Wie wär's mit einer Schale Milch?"

Er seufzte und legte sich auf die Seite, wobei er

seine feinen schwarzen Haare über meinem zuvor sauberen Küchentisch verteilte. „Das muss dann wohl reichen, obwohl ich eine Laktoseintoleranz habe. Andererseits kann ich mir nach dem ganzen Stress in letzter Zeit auch mal was gönnen." Er sah mich von oben bis unten an. „Nächstes Mal erwarte ich allerdings, dass du besser vorbereitet bist."

Anscheinend wusste Fluffikins nicht, dass Bettler nicht wählerisch sein sollten. Er hatte großes Glück, dass ich diesen Job nicht kündigen konnte, und dass mich diese Sache mit der Magie ausreichend anzog, weshalb ich meinen Stolz runterschluckte und den letzten Rest meiner Magermilch in eine Schüssel goss.

Ich aß mein Frühstücksmüsli trocken.

Was für eine Art, den Tag zu beginnen!

12

Nach einem sehr schnellen, aber irgendwie auch sehr ungemütlichen Frühstück entschuldigte sich Fluffikins und ließ mich und Greta allein.

„Sie wollen also lernen, wie man eine Stadthexe wird?", fragte sie und zog eine Augenbraue hoch, die so hell war, dass sie fast durchsichtig aussah. Irgendetwas stimmte nicht mit Greta, aber ich konnte nicht sagen, was es war.

Als ich merkte, dass ich sie anstierte, zwang ich mich, den Blick zu senken. „Nicht, dass ich das per se will, eher, dass ich dazu angewiesen wurde."

Daraufhin lachte sie. Es klang wie das Bimmeln von Glocken. „Ah, die gute alte APZ. Keiner bewirbt sich und doch bekommt jeder einen Job."

Greta studierte mich auf eine Art und Weise, dass ich mich wunderte, ob zu ihren Kräften das Gedankenlesen gehörte. Ich wollte gerade fragen, als sie sich räusperte und sagte: „Lassen Sie uns am besten ganz von vorne beginnen. Wissen Sie, was eine Stadthexe macht?"

Ich schüttelte den Kopf. „Ich weiß nur, dass ihre Magie mit der Stadt verbunden ist und dass Lila Haberdash den Job hatte, bis sich jemand in ihr Haus geschlichen und sie getötet hat."

Greta zuckte zusammen. Ihre blasse Haut färbte sich rosa, was ihr weißblondes Haar noch mehr zur Geltung brachte. „Ja, das ist beides wahr."

„Moment mal. Wurde es jetzt offiziell als Mord eingestuft?" Ich war so in den magischen Kram vertieft gewesen, dass ich die Ermittlungen nicht weiterverfolgt hatte.

„O ja, aber das wussten wir doch sofort", antwortete sie mit einer abfälligen Handbewegung. „Magie nimmt unweigerlich ein abruptes und gewaltsames Ende. *Immer*."

Mein Magen verkrampfte sich daraufhin und drohte, den köstlichen Kaffee wieder auszuspucken, den ich ihm gerade erst anvertraut hatte. „Wie denn?"

Greta neigte den Kopf zur Seite. „Wie was? Wie sie gestorben ist? Durch Magie, ganz offensichtlich."

„Oh." Na, das war ja klar wie Kloßbrühe. Ich wusste immer noch nicht sehr viel über Magie, aber wenn Fluffikins nach Beweisen suchte, dass ich die Tat nicht begangen hatte, dann sollte die Mordmethode mich ja wohl eindeutig entlasten.

„Machen Sie sich keine Sorgen, meine Liebe", sagte Greta mit verkniffener Miene, während sie meine Hand ergriff und drückte. „Lila hat ein gutes Leben geführt, solange es möglich war. Jetzt sind Sie an der Reihe, das Amt der Hexe von Beech Grove zu übernehmen, und bald wird es jemand anderem gehören."

„Dem Mörder, meinen Sie?"

Sie seufzte und ließ meine Hand los. „So funktionieren diese Dinge oft, ja."

Ich hatte mindestens eine Million Fragen, spürte aber, dass ihre Geduld mit mir bereits am Ende war. „Okay, also was muss ich wissen, um diesen Job zu machen?"

Und um nicht umgebracht zu werden, wenn wir schon dabei sind.

Greta schenkte mir das erste echte Grinsen, seit ich sie getroffen hatte. Es erhellte ihr ganzes Gesicht, was ihr in Kombination mit dem blassblonden Haar ein fast engelhaftes Aussehen verlieh.

„Lassen Sie mich Ihnen Ihr neues Büro zeigen,

und auf dem Weg dorthin erkläre ich Ihnen ein paar Dinge." Sie durchquerte mein Wohnzimmer, als gehöre ihr die Wohnung, und hielt mir die Tür auf, damit ich vor ihr hinausgehen konnte.

Noch bevor wir einen Fuß von der Veranda setzten, wusste ich, dass wir zu Mrs Haberdashs Haupthaus unterwegs waren. Mein neues Büro war der Tatort. *Wundervoll.*

„Die Stadthexe", erklärte Greta, während sie mit ruhigem, gleichmäßigem Schritt neben mir herging, „fungiert als Leitung für die Magie, die auf natürliche Weise in Land und Boden vorkommt, auf dem diese Stadt errichtet wurde. Sie hat also ihre eigene Magie, kann aber auch aus den Vorräten der Magie schöpfen, die der Stadt gehören."

Ich nickte, als ob das alles einen perfekten Sinn ergeben würde. Theoretisch tat es das auch. Aber in der Praxis? Das war eine ganz andere Sache.

„Warum sollte sie die Magie des Landes benutzen müssen?", fragte ich.

„Zum Schutz der Stadt und all ihrer Bewohner. Wie Sie sich wahrscheinlich denken können, ist das eine sehr wichtige Aufgabe." Sie ging schneller, und ich musste joggen, um Schritt zu halten. Sollte mich das davon abhalten, weitere Fragen zu stellen? Denn es verursachte nur noch mehr, zum Beispiel, warum sie mir gegenüber so ausweichend war.

Stattdessen fragte ich: „Wenn das also eine so wichtige Aufgabe ist, warum haben Sie sie mir anvertraut? Ich wusste bis vor weniger als vierundzwanzig Stunden nicht einmal, dass Magie existiert."

„Oh, es war nicht meine Entscheidung, meine Liebe." Sie schnaubte auf eine eher wenig damenhafte Art, die im Widerspruch zur Anmut stand, mit der sie sich benahm. „Es war niemandes Entscheidung. Sie waren einfach nur zur richtigen Zeit am richtigen Ort."

„Oder am falschen", konnte ich mir nicht verkneifen.

Sie hielt inne und drehte sich um, um mich wieder zu studieren, als ob sie nach etwas suchte, das sie zuvor vergeblich zu finden versucht hatte.

„Sie werden nicht viel tun haben", stellte Greta nach ein paar unangenehmen Momenten des Schweigens fest. „Eigentlich werden Sie das gar nicht können."

„Weil der Mörder oder die Mörderin bereits mit der gesamten Magie der Stadt entkommen ist", fügte ich hinzu.

„Ja, aber er oder sie wird zurückkommen. Und zwar bald."

Schließlich holte ich sie ein und fragte: „Warum das?"

Sie atmete zitternd aus. „Wenn die Magie zu lange von ihrer Quelle ferngehalten wird, stirbt sie ... und ihr Wirt gleich mit."

Mir fröstelte in der kühlen Morgenluft. Gut, dass der Einsatz überhaupt nicht hoch war ...

13

Greta und ich setzten unseren Weg zu Mrs Haberdashs Haupthaus schweigend fort. Plötzlich verblasste der Wunsch, diese neue Welt der Magie zu verstehen, angesichts der Tatsache, dass der Mörder an den Tatort zurückkehren würde, wo ich bereits wartete.

Das Haus saß dunkel und verlassen vor uns, als wäre ein Teil von ihm zusammen mit seiner Besitzerin gestorben.

„Ich bin froh, dass wir diesmal unter uns sind", sagte ich und erinnerte mich an die seltsame Begegnung, die ich gestern mit der jungen Frau gehabt hatte. Ich warf einen Blick auf den hohen, alten Baum, an dem ihr schlaffer Sonnenhut hängen geblieben war, und war überrascht, ihn dort nicht mehr zu sehen.

Das Mädchen war ganz sicher ohne ihn gegangen, was bedeutete, dass sie zurückgekommen sein musste. Wahrscheinlich mitten in der Nacht.

„Was meinen Sie? Wen haben Sie denn sonst noch erwartet zu finden?", fragte Greta und beobachtete mich genau. Sie beobachtete mich ständig.

„Oh, ich meinte nur Parker", sagte ich, denn ich zog es vor, mir nicht in alle Karten schauen zu lassen.

Greta schüttelte den Kopf. „Er hat schon mit seiner Position als Polizeikontakt mehr als genug zu tun. Haben Sie bemerkt, dass es hier kein Tatortband gibt? Lila war eine von uns. Die normale Polizei einzuschalten, würde das Unvermeidliche nur hinauszögern."

„Die Rückkehr des Mörders, meinen Sie?"

Greta musterte mich ausdruckslos. „Was? Oh, ja. Natürlich, das habe ich gemeint."

Aha. Langsam wurde mir klar, dass ich ihr nicht über den Weg trauen konnte. Trotzdem war sie die Einzige, die ich im Moment zur Verfügung hatte. Ich würde von ihr lernen, was immer ich konnte, und mich dann später bei Parker – oder sogar bei Fluffik-ins, wenn es sein musste – rückversichern.

Greta lächelte mir zu, aber ich konnte erkennen,

dass es aufgesetzt war. „Was du heute kannst besorgen, das verschiebe nicht auf morgen. Lassen Sie uns zur Sache kommen." Sie schwang ihre Hand nach oben und die Haustür öffnete sich knarrend.

Als Erstes fiel mir auf, dass die Leiche von Mrs Haberdash weggebracht worden war. Die große Eingangshalle war leer, aber etwas in der Luft schimmerte undeutlich, wie eine Fata Morgana. Es war, als ob das Haus selbst auf etwas wartete. War ich dieses Etwas?

Ich trat hinein und spürte, wie mich die Energie wie ein warmes Bad umhüllte. Zugegeben, ich bevorzugte heiße Duschen, aber dieses neue Gefühl entspannte mich trotzdem. Tatsächlich fühlte es sich fast so an, als würde ich schweben. Das war natürlich albern, da ich fest auf dem Hartholzboden stand. Nichts sah anders aus. Ich *fühlte* mich nur anders.

Greta ging einen langsamen Kreis um mich herum und murmelte vor sich hin. Ihre geflüsterten Worte waren zu leise, als dass ich sie hätte verstehen können, erst als sie vor mir stehen blieb und mich an den Handgelenken packte. „Es ruft nach Ihnen, stimmt's?"

Ich nickte. Was hatte es für einen Sinn, das abzustreiten?

„Dann war der erste Teil viel einfacher, als wir es

erwartet haben. Die Stadt hat Sie bereits als Wirt für ihre Magie akzeptiert."

„Aber das soll doch nur vorübergehend sein", argumentierte ich, unfähig, meine Augen von ihrem entschlossenen, glühenden Blick loszureißen.

„Das war der ursprüngliche Plan, ja, aber wir müssen auch darauf hören, was das Land will."

„Mich?", brachte ich mit einem Quietschen heraus.

„Es scheint ganz so zu sein."

„Aber ihre Magie ist doch bei Mrs Haberdashs Mörder", betonte ich, ohne zu blinzeln, da ich Angst hatte, wegzusehen. Mir gefiel nicht, worauf das alles hinauslief. Es war sogar noch schlimmer als die Gedankenkontrolle, die Fluffikins und Parker über mich ausgeübt hatten. Einer einzelnen Person konnte ich ausweichen, aber was, wenn das Land selbst beschloss, mich zu beeinflussen? Meine einzige Hoffnung wäre es, aus der Stadt wegzuziehen. Sicher, ich hatte hier zwar noch keine Wurzeln geschlagen, aber es würde trotzdem Zeit brauchen, um zu fliehen.

„Im Moment schon. Es gibt aber natürlich Möglichkeiten, das zu ändern."

„Sie meinen doch nicht etwa ..."

„Dass Sie den Mörder töten und die Magie für sich beanspruchen?", fragte sie grinsend.

Ich schluckte schwer und nickte. Erwartete sie wirklich, dass ich im Rahmen eines dummen Zeitarbeitsjobs jemanden töten würde? Magie war zwar ziemlich cool, aber nicht cool genug, um mich dazu zu bringen, meine innersten Moralvorstellungen über den Haufen zu werfen. Mord war unrecht. Das hätte eigentlich automatisch klar sein müssen.

Greta verschränkte die Arme und verlagerte ihr Gewicht von einer Seite auf die andere. „Natürlich meine ich genau das."

„Ich bringe niemanden um", hielt ich vergeblich dagegen. Soweit ich wusste, konnten Greta oder einer der anderen mich mit ihrer Gedankenkontrollmagie dazu zwingen, es zu tun.

„Wir werden sehen", sagte mir meine angebliche Mentorin mit einem leichten Lachen.

Mir rutschte das Herz in die Hose.

Ich mochte zwar die Vorstellung von Magie, aber in der Praxis wuchs mir das Ganze über den Kopf. Ich war keine Hexe, aber noch weniger war ich eine Mörderin.

Ob das beabsichtigte Opfer nun eines schrecklichen Verbrechens schuldig war oder nicht, es war definitiv nicht meine Aufgabe, für Gerechtigkeit zu sorgen.

Aber wie leicht könnte ich bei der paranormalen

Zeitarbeitsfirma kündigen und mein normales Leben wieder aufnehmen, als ob nie etwas passiert wäre?

Ich hatte langsam das Gefühl, dass es nun hart auf hart ging.

Was würde passieren, wenn ich beides ablehnte?

14

reta führte mich durch das Haus, das offen gesagt aus allen Nähten zu platzen schien. Sie zeigte mir jeden Raum, beschrieb die Gegenstände darin und welchen Zweck diese erfüllten. Ich langweilte mich fast zu Tode.

Ernsthaft, wie sollte irgendetwas hiervon zu meiner magischen Ausbildung beitragen? Wir arbeiteten ohnehin schon nach einem engen Zeitplan, und anstatt mir Zaubersprüche oder Tränke beizubringen, verbrachte die mir zugeteilte Mentorin die letzten zehn Minuten damit, zu beschreiben, wie Mrs Haberdash ihre Socken verzaubert hatte, sodass sie drei Grad wärmer als die Raumtemperatur waren. Nicht einmal die Magie, die sie dazu benutzt hatte, wohlgemerkt, sondern nur die Tatsache, dass sie es überhaupt getan hatte.

Wie sollte mir irgendetwas davon helfen, einen Mörder zu fangen? Jedes Mal, wenn ich versuchte, eine relevantere Frage zu stellen, lenkte Greta ab und wechselte das Thema. Bei diesem Tempo würde ich vielleicht lernen, meine Hosen mit Magie zu flicken, aber nie etwas Wichtigeres, beispielsweise wie man flog oder ... was weiß ich, einem Todesfluch auszuweichen, vielleicht.

Das Einzige, was meine Aufmerksamkeit überhaupt aufrechterhalten konnte, war der Schlafzimmerschrank. Dann begann Greta jedoch, die Garderobe der Vormieterin durchzusehen, wobei sie mir erklärte, für welche Art von Aufgaben die jeweiligen Outfits der Stadthexe getragen werden konnten.

Gähn. Warum musste ich das alles wissen?

Meine Gedanken schweiften mal wieder ab und Gretas nasale Stimme wurde zu einem brummenden Hintergrundgeräusch, während ich mich auf der Suche nach etwas Interessanterem im Raum umschaute. In diesem Moment fiel mir der fantastische schwarze Hut auf, der auf dem obersten Regal des Schranks lag.

Natürlich hatte ich keine Skrupel, Greta zu unterbrechen, da ich sowieso nicht richtig zugehört hatte.

„Was ist das?", fragte ich und deutete auf den schwarzen Samthut, der mit einer lila Satinschärpe verziert war.

Gretas Augen leuchteten auf, als sie ihn erblickte. „Oh, guter Fund. Das ist der wichtigste Gegenstand in der gesamten Garderobe einer Stadthexe, möglicherweise ihr wichtigster Besitz überhaupt. Ich kann nicht glauben, dass der Mörder den hier gelassen hat."

Anstatt auf weitere Erklärungen von ihr zu warten, schnappte ich mir den Hut aus dem Regal, entfaltete das Oberteil und stellte fest, dass es in einer perfekten, entzückend aussehenden Spitze endete.

Ein Energiestoß schoss direkt in meine Brust und erleuchtete mich von innen. Der Hut sprach zu mir auf die einzige Weise, die ihm möglich war – mittels seiner Magie. Ohne auch nur einen Gedanken daran zu verschwenden, setzte ich ihn direkt auf mein rosarotes Haar. Und genau in dem Moment, als der Hexenhut meinen Kopf berührte, tauchte ein lebhaftes Bild in meiner Vorstellung auf. Ich sah Mrs Haberdash, wie sie ihrer Arbeit nachging, die Post prüfte (der Beweis, dass sie meine Briefe erhalten hatte!), in die Küche ging, um Tee zu kochen, und dann ...

Sie ließ den Wasserkocher mit einem Krachen zu

Boden fallen, sodass das heiße Wasser überall hinfloss. Ich konnte es nicht nur sehen und hören, ich spürte auch das Brennen. Als ich nach unten blickte, sah ich aber nur meine eigenen Füße.

„Es ist also Zeit?", fragte Mrs Haberdash mit einem Keuchen, während mir die Sicht entzogen wurde.

Ich schloss die Augen, um meine Aufmerksamkeit wieder auf die Szene zu lenken, die sich in meinem Kopf abspielte, aber alles, was ich sah, war das verschüttete Wasser auf dem Boden.

Ein schweres Gewicht legte sich auf meine Brust und machte das Atmen zum Kampf. Das Geräusch von widerhallenden Schritten näherte sich, aber ich konnte nicht sehen, wer bei ihr, bei mir war.

Ein Windstoß wehte über mich hinweg und ein eisiger Schauer legte sich um mich. Die Szene, die ich gesehen hatte, geriet außer Fokus und …

„Was machen Sie da?", rief Greta und hielt den Hut fest in einer ihrer manikürten Hände, während sie mich entsetzt anstarrte.

„Der Hut", murmelte ich und versuchte immer noch, mir einen Reim darauf zu machen, was gerade passiert war. „Ich glaube, er wollte mir zeigen, was mit Mrs Haberdash passiert ist."

„Ich habe Fluffikins gleich gesagt, dass das eine

schlechte Idee ist", fauchte sie, während sie den Hut zurück in den Schrank schob. Nachdem sie die Türen zugeknallt hatte, formte sie mit Daumen und Zeigefinger ein *C* und bewegte sie in einer schnellen Pendelbewegung.

„Wir müssen herausfinden, was passiert ist. Mrs Haberdash verdient Gerechtigkeit." Ich rannte zum Schrank und zog kräftig daran, aber die Türen ließen sich nicht bewegen.

„Das ist nicht Ihr Job", schnauzte Greta mich an.

„Aber ich bin die neue Stadthexe für …"

„Sie sind eine Aushilfe!", explodierte sie, stürmte aus dem Raum und ließ mich zurück. „Und ich weigere mich, jemanden auszubilden, der so wenig Rücksicht auf …"

Ich folgte ihr den Flur hinunter bis zum oberen Treppenabsatz. Dort blieb Greta stocksteif stehen, bewegte sich nicht, sprach nicht, atmete kaum.

„Was ist los?", fragte ich in einem verzweifelten Flüsterton. „Warum gehen Sie nicht …?"

Aber dann blieben auch meine Beine wie festgenagelt stehen. Tatsächlich konnte ich nur noch die Augen bewegen. Ich richtete meinen Blick auf den Fuß der Treppe, und da sah ich sie.

Die gleiche junge Frau, die ich am Tag zuvor

getroffen hatte, stand mit erhobenen Armen im Erdgeschoß.

„Sie schon wieder", sagte sie mit einem kalten Lächeln. „Sie hätten sich da raushalten sollen, als Sie noch die Chance dazu hatten."

Damit hatte sie definitiv recht.

Ich wollte Greta um Rat fragen, aber ich konnte sie kaum in meinem peripheren Blickfeld ausmachen. Ich hoffte, dass sie einen Plan hatte, denn ich hatte sicher keinen.

15

So sehr ich mich auch anstrengte, mich aus dem magischen Griff der jungen Hexe zu befreien, schaffte ich es noch nicht einmal, mit dem kleinen Finger zu zucken. Sie hielt mich in einem mächtigen Bann gefangen, und ich hatte nicht die geringste Hoffnung, mich zu wehren, falls diese Begegnung gewalttätig werden sollte.

„Melony Haberdash", knurrte Greta mit zusammengebissenen Zähnen und blieb vollkommen still, während sie die andere Frau niederstarrte. „Ich hätte mir denken können, dass du es bist."

Melonys grausamer Blick wurde weicher, aber ihr Griff blieb fest. „Nur damit du es weißt, ich hatte nichts mit dem Mord an meiner Großtante zu tun.

Warum sollte ich sie umbringen, wenn ich die Nächste in der Erbfolge war?"

Sie hielt kurz inne, dann richteten sich ihre Augen mit einer neuen brennenden Intensität auf mich. „Ich habe die hier gestern erwischt, wie sie auf dem Grundstück herumschlich, und jetzt ist sie heute wieder hier. Das scheint kein Zufall zu sein, oder doch?"

Gretas Stimme klang erstickt. „Nein, du hast das falsch verstanden. Sie ist nur die Aushilfe."

„Ha! Mir scheint, du spielst ihr direkt in die Hand. Erst stiehlt sie die Magie und dann bekommt sie kostenloses Training vom Rat, indem sie auf unschuldig macht. Das ist ziemlich brillant, um ehrlich zu sein. Vielleicht sollte ich mir Notizen machen."

Greta bemühte sich nach wie vor neben mir. Eine plötzliche Bewegung unterhalb ihrer Hüfte deutete darauf hin, dass sie die Kontrolle über ihre Finger wiedererlangt hatte, aber immer noch nicht die ganze Hand bewegen konnte. „Sie ist eine Normalo, das schwöre ich dir. Am Anfang hatte ich auch meinen Verdacht, aber sie weiß ehrlich nichts. Sie hat sich gerade fast umgebracht, als sie versehentlich den Mord aufgerufen hat."

Mein Herz blieb mir bei dieser Offenbarung praktisch stehen. *Ich wäre fast gestorben?* Nur weil ich diesen Hexenhut aufgesetzt hatte? *Verdammt.* Also hatte Greta mich vor meiner eigenen Dummheit bewahrt. Zuerst hatte ich gedacht, sie hätte mir den Hut entrissen, weil sie nicht wollte, dass ich sie als die Mörderin entlarvte, aber jetzt schien es, als wollte sie mich beschützen. War das der Grund, warum sie Zeit verschwendete, anstatt mir ein richtiges Training zu gewähren?

Was auch immer ihre Gründe dafür waren, mich naiv zu halten, ich könnte jetzt sicher ein paar magische Fähigkeiten gebrauchen.

Alles, was ich besaß, waren die Instinkte, die Fluffikins letzte Nacht hervorgerufen hatte, aber Melony hatte eine Falle gestellt, die uns unvorbereitet traf. Weder Greta noch ich hatten eine Chance zu reagieren, bevor sie uns in ihren Bann zog.

Damit blieb das eine Talent, das ich schon immer besessen hatte, sogar bevor ich von Magie wusste. *Meine Worte.*

Es war an der Zeit, für mich selbst zu sprechen. Wenn ich Melony überzeugen konnte, dass ich keine Bedrohung war, würde sie mich vielleicht gehen lassen.

„Ich habe Mrs Haberdash nicht umgebracht", schrie ich sie unter Tränen an. „Ich habe noch nie jemanden umgebracht. Ich sollte nicht einmal hier sein. Das ist eindeutig eine Angelegenheit, mit der ich nichts zu tun habe. Ich habe nie darum gebeten, eine Hexe zu werden. Ich schreibe doch nur Bücher!"

Melony studierte mich genau so, wie Greta es zuvor getan hatte. Sie musste gefunden haben, wonach sie suchte, denn ein paar Sekunden später löste sich der magische Schraubstock und ich fiel zu Boden.

„Wo ist der Hut meiner Tante?", fragte mich die junge Hexe, während ich mich aufrappelte.

Ich wandte mich wieder dem Raum zu, den wir gerade verlassen hatten. „Ich werde ihn für dich hol..."

„Nein!", schrie Greta, aber es war zu spät. Melony stürmte bereits die Treppe hinauf und ins Schlafzimmer ihrer verstorbenen Tante.

„Was haben Sie bloß getan?", murmelte Greta, immer noch festgenagelt dank Melonys Magie.

„Aber sie sagte, sie hätte nicht ..." Mir verschlug es die Sprache. Warum hatte ich ihr geglaubt, wo sie doch eindeutig am meisten von Mrs Haberdashs vorzeitigem Ableben zu profitieren hätte?

„Sie ist nicht die Mörderin", gab Greta zu, während sie ihren Kopf ganz leicht in meine Richtung drehte. Nach und nach löste sich der Zauber auf, aber würde Greta rechtzeitig frei kommen, um Melony an der Flucht zu hindern?

Sie stöhnte unter der Anstrengung, den Bann zu brechen, und fügte dann hinzu: „Ich konnte erkennen, dass sie gerade die Wahrheit gesagt hat, aber …"

„Ja!", rief Melony aus dem anderen Zimmer, was Greta dazu veranlasste, mitten im Satz zu stoppen. „Jetzt hab ich dich."

„Hey! Was hast du gesehen? Weißt du, wer es war?", fragte ich, als sie kurz darauf die Treppe hinuntereilte, den alten Hut an die Brust gepresst, ohne Greta und mich eines weiteren Blickes zu würdigen. Vielleicht hätte ich weiterhin die Dumme spielen sollen, aber wenn sie vorher die Wahrheit gesagt hatte, würde sie es vielleicht auch jetzt tun. Meine Überredungsgabe war die einzige Möglichkeit, die ich hatte, da ich nicht wusste, wie ich meine neue Magie auf Kommando beschwören konnte.

Aber Melony ignorierte uns beide, riss die Haustür auf und stürmte nach draußen. Sobald die Tür hinter ihr zuschlug, löste sich der Griff um Greta vollständig.

Sie fiel zu Boden, schwach und keuchend.

„Was ist gerade passiert?", fragte ich, während ich ihr wieder auf die Beine half.

Mit ausdrucksloser Miene erklärte sie: „Sie hat

den Hut benutzt, um den Tatort aufzurufen, genau wie Sie, aber als erfahrenere Hexe weiß sie, wie sie die Erinnerungen manipulieren kann, damit sie keine Gefahr für sie darstellen."

„Sie hat den Mörder gesehen", sagte ich und atmete scharf ein.

Greta nickte erschöpft. „Ja. Und sie ist auf dem Weg, ihn zu töten, um die Stadtmagie zu übernehmen."

Das hatte ich zu verantworten. Ich hatte den Hut gefunden und Melony direkt zu ihm geführt. Ich wusste zwar immer noch nicht, wer Mrs Haberdash getötet hatte, aber es würde meine Schuld sein, wenn diese Person ihr vorzeitiges Ende fand. Und es würde meine Schuld sein, wenn der verrückte Teenager Zugang zur mithin stärksten Magie der Region erlangte. Ich bezweifelte, dass sie sie nutzen würde, um die Situation für die Bewohner zu verbessern.

Autsch.

16

An diesem Punkt hatte ich zwei Möglichkeiten.

Ich könnte mich zusammenreißen, um Greta, Parker, Fluffikins und den anderen zu helfen, den Mörder zu finden und zu retten. Aber sobald wir ihn oder sie gerettet hatten, wollten sie, dass ich das Töten für sie übernahm?

Ich war immer noch so verwirrt darüber, was genau meine Aufgabe war. Magie war seltsam, und die Regeln, nach denen sie funktionierte, waren noch seltsamer. Es schien auch, als würden sie sich ändern, je nachdem, mit wem ich gerade sprach. Wenn Greta wollte, dass ich dauerhaft hier blieb, was dachte dann Fluffikins? Oder Parker? Erwarteten sie, dass ich für sie tötete? Wenn ich in meiner Weigerung standhaft blieb, würden sie mich zwingen, mich zu fügen?

Das brachte mich zu Option Nummer zwei. Ich könnte von hier verschwinden und so tun, als wäre die ganze Sache nie passiert.

„Okay, also viel Glück noch!", rief ich Greta zu, bevor ich die Treppe so schnell hinuntersprintete, wie mich meine Füße trugen.

Was? Ich hatte nicht fünfunddreißig Jahre auf dieser Erde überlebt, weil ich keinen Selbsterhaltungstrieb hatte. Alle anderen Akteure hier besaßen Magie. *Echte Magie!*

Ja, sie hatten mir eine vorübergehende Ladung verpasst, aber ich wusste definitiv nicht genug, um mich selbst zu schützen. Außerdem war Melony schon auf dem Weg, den Killer auszuschalten und die gestohlene Magie ihrer Tante zu übernehmen. Sie brauchten mich nicht mehr als Aushilfe, und sie brauchten mich definitiv nicht als Auftragskillerin. Da konnte viel zu viel schief gehen, und ich weigerte mich, mein ganzes Leben und meine Zukunft aufs Spiel zu setzen.

Auch wenn ich ihnen jetzt nicht helfen würde, was ich nicht vorhatte, hing mein Leben trotzdem noch in der Schwebe. Was auch immer geschah, ich würde praktisch Tür an Tür mit einer Mörderin leben – Melony.

Das wäre schlecht. *Hmmm.*

Ich ging meine Optionen noch ein paar Mal durch, während ich zurück in das Gästehaus rannte, das ich mein Zuhause nannte. Trotz allem machten zumindest meine Laufschuhe endlich ihrem Namen alle Ehre.

Als ich die Eingangstür erreichte, hatte ich eine Entscheidung getroffen. Es war an der Zeit, die Immobilienangebote im Internet durchzusehen und mich so weit wie möglich von diesem verrückten Ort zu entfernen. Ehrlich gesagt, je früher, desto besser. Ich würde einfach meinen Laptop anwerfen und …

Und nichts, zumindest noch nicht.

Denn ich schien einen Gast zu haben.

„Ich habe gehört, dass die Zeichen auf Sturm stehen", verkündete Mr Fluffikins von seinem Sitzplatz auf der Lehne meines Sofas aus, eine Pfote lässig über die andere gekreuzt.

Ich beäugte ihn misstrauisch. „Ja, erst seit ungefähr fünf Minuten. Wie bist du so schnell hierhergekommen? Hast du dich teleportiert oder so?"

Er ließ den Kopf hängen und lachte. „Natürlich nicht. *Ich bin geflogen.*"

„Oh, ja, weil das so viel mehr Sinn ergibt."

Der schwarze Kater blieb sitzen und beobachtete mich.

Ich seufzte und wusste, wenn ich nicht bald etwas sagte, würde er anfangen, alle möglichen Forderungen zu stellen. Ich wollte diesen blöden Zeitarbeitsjob immer noch nicht, und ich hatte auch keine große Lust, die nette Gastgeberin zu spielen.

„Warum bist du hier?", fragte ich mit einem finsteren Blick. „Du brauchst mich nicht mehr."

Fluffikins stand auf und streckte sich, machte einen Buckel wie eine Katze an Halloween oder ein gelenkiger Yogi. „Eigentlich brauchen wir dich mehr denn je. Komm mit."

„Tut mir leid, das ist alles ein bisschen viel für mich. Ich würde heute lieber nicht sterben. Oder sonst irgendwann. Aber besonders nicht heute. Nein, danke."

„Dann musst du unbedingt unter meinem Schutz bleiben, und ich kann mich nicht um dich kümmern, wenn du wegläufst."

Mist. Da war was dran.

Ich rollte die Schultern, aber die nervöse Anspannung blieb. „Warum wurde ich da mit reingezogen? Warum braucht ihr mich überhaupt?"

„Dafür solltest du dich besser setzen", sagte Fluffikins langsam, fast mitfühlend.

Ich ließ mich auf das Sofa sinken, und er kam herüber, um sich auf meinem Schoß niederzulassen.

„Jetzt streichle mich", befahl er und fixierte mich mit seinem glühend goldenen Blick. Ich wusste, dass das Streicheln eines Tieres gut für den Blutdruck sein sollte, aber momentan brauchte ich viel mehr als nur das, um mich zu beruhigen.

Also lehnte ich ab. „Mir geht's gut, danke."

„Streichle mich!", befahl er in einer Weise, die keinen Widerspruch duldete.

Er zwang mich nicht mit seinen Kräften, aber ich fügte mich trotzdem. Ich fand es einfacher, zu machen, was er wollte, damit ich möglichst bald mein normales Leben weiterführen konnte – langweilig, aber glücklich, genau das, was ich brauchte.

In dem Moment, als meine Finger sein seidiges schwarzes Fell berührten, durchflutete eine neue Vision mein Gehirn. Es war wie das, was ich mit dem Hut erlebt hatte, aber noch lebendiger, vielleicht weil es von einem lebenden Wesen projiziert wurde und nicht von einem leblosen Objekt.

Fluffikins schnurrte leise, unterbrach mich aber ansonsten nicht, während ich seine Erinnerungen erforschte.

Mit einem Keuchen riss ich meine Hand zurück und unterbrach die Vision. Ich hatte schon mehr als genug gesehen. Zu meiner großen Überraschung hatte mir Fluffikins eine Antwort gegeben, die ich nicht erwartet hatte, aber auch nicht leugnen konnte, nachdem ich sie so deutlich gesehen hatte.

„Du hast es getan", würgte ich hervor, ließ ihn von meinem Schoß gleiten und sprang wieder auf die Beine. „Du hast den Anschlag auf Mrs Haberdash angeordnet."

Aber warum offenbarte er es mir jetzt erst? Warum nicht schon früher? War dies so was wie die Szene aus einem Bond-Film, in der der Schurke seinen teuflischen Plan enthüllte, bevor er das Opfer tötete?

Und was genau war meine Rolle in all dem?

Hatte ich einfach nur Pech gehabt oder war hier etwas Größeres im Spiel?

Ich wollte es eigentlich nicht wissen, aber ich musste es herausfinden.

Wissen war Macht, und vielleicht das Einzige, was mich jetzt noch retten konnte.

17

ch zeigte mit einem zittrigen Finger auf Fluffikins, der immer noch vor mir auf dem Sofa saß. „Du hast meine Vermieterin umgebracht. Sie war deine ... deine Kollegin, wenn nicht sogar deine Freundin. Warum sollte ich mir anhören, was du zu sagen hast? Und warum sollte ich dir helfen?"

„Ich habe sie nicht getötet", sagte der Kater in seiner seltsam atemlosen Art, ohne auch nur eine Pfote zu rühren, während er mich ruhig betrachtete.

Ich jedoch blieb weiterhin laut. „Aber du hast den Killer angeheuert. Das macht dich ebenso gut zum ..."

Er stand auf und streckte sich. „Ich habe keine Zeit, mit dir darüber zu diskutieren, Tawny, also komme ich gleich zur Sache. Willst du, dass noch mehr Menschen sterben oder nicht?"

Ehrlich gesagt, wollte ich einfach nur, dass das alles aufhörte, aber trotz all der Magie, die an dieser schrecklichen Situation beteiligt war, schien das keine Option zu sein. „Ich weiß immer noch nicht, was ich damit zu tun habe. Kannst du nicht einfach verschwinden und mich in Ruhe lassen?"

„Wir hatten nie vor, jemanden außerhalb des Rats mit einzubeziehen", gab er mit einem bedauernden Kopfschütteln zu. „Aber als du über Lilas Leiche gestolpert bist, hatten wir keine andere Wahl, als dich hinzuzuziehen."

„Du wusstest, dass ich sie nicht getötet habe. Die ganze Zeit über wusstest du es!", stammelte ich. „Und da du den Mord in Auftrag gegeben hast, wette ich, dass du auch weißt, wer der wahre Mörder ist. Warum hast du mich also zur Aushilfe gemacht? Warum mir überhaupt Magie geben?"

„Wir nahmen dich zu deinem Schutz auf. Der Rest war eine List, um jeden in die Irre zu führen, der auftaucht, um in Lilas Mord herumzuschnüffeln, in der Hoffnung, ihre Magie zu erlangen. Und wie du siehst, ist genau das passiert. Du wärst auf jeden Fall ein Angriffsziel gewesen, weil du gestern Morgen da aufgekreuzt bist."

„Du hast mich zur Zielscheibe gemacht!" Das war der eine Punkt, über den ich einfach nicht hinwegkam. Auch wenn ich aus Versehen in die Sache hineingeraten war, musste es doch unzählige andere Möglichkeiten geben, mich zu schützen. Mir Magie zu geben, erschien mir extrem, vor allem, da sie mir nicht beigebracht hatten, sie zu benutzen. Was war der Sinn des Ganzen?

„Du warst bereits ein Ziel", rief Fluffikins zurück und verlor zum ersten Mal seit Beginn des Gesprächs die Geduld. „Uns darauf einzulassen, hat uns allen Zeit verschafft, aber jetzt ist diese Zeit abgelaufen. Wir können hier nicht herumstehen und streiten. Wir müssen handeln, bevor es zu spät ist!"

„Das verstehe ich nicht. Wenn Melony nicht deinetwegen oder meinetwegen hier ist, hinter wem ist sie dann her?"

„Sie ist hinter dem eigentlichen Mörder her, der Person, die die Magie der Stadt absorbiert hat. Sie will sie mit allen Mitteln für sich selbst. Wir müssen ihn erreichen, bevor Melony es tut."

„Wen?", fragte ich und stampfte mit dem Fuß auf. Je mehr Fluffikins erklärte, desto weniger verstand ich. „Wem rennen wir denn jetzt hinterher, um ihn zu retten?"

„Der Person, die Lila Haberdash getötet hat. Barnes."

Da explodierte mein Verstand irgendwie. Fluffikins hatte Parker befohlen, Mrs Haberdash zu töten? Ich wollte wirklich wissen, warum, aber ich glaubte ihm auch, als er sagte, dass uns die Zeit weglief.

Ich musste trotzdem fragen. „Hat Parker sie wirklich getötet? Warum nur? Warum sollte er das tun?" Meine Stimme zitterte, als ich diese Worte laut aussprach.

„Weil es das ist, was Lila wollte", gestand er ein. Seine Brust hob sich unter dem Gewicht dieser Enthüllung und ließ den kleinen weißen Fleck im dichten schwarzen Fell tanzen.

Ich hob meine Augenbraue. Auch wenn ich ihm glaubte, bedeutete das nicht, dass ich es verstand. Ein Teil von mir bezweifelte, dass ich es jemals ganz verstehen würde, egal wie viele Fragen ich stellte. „Sie wollte, dass jemand sie ermordet?"

„Ja, und sie hat uns vertraut, es richtig zu machen." Er hüpfte von der Couch und landete neben meinen Füßen.

„Das ergibt alles keinen Sinn!"

Fluffikins starrte mich mit hellen, goldenen Augen an, die mich zu durchschauen schienen.

„Kannst du mir bitte in dieser Sache einfach mal vertrauen? Wir haben schon zu viel Zeit verloren. Willst du Barnes retten oder nicht?"

Ich hatte den Blick in Melonys Augen gesehen, als sie erst Greta und mich ausfragte und dann mit diesem verzauberten Hut aus dem Haus stürmte. Sie war auf Blut aus. *Parkers Blut.*

Und ich wusste auch in meinem tiefsten Inneren, dass Parker okay war. Er war nett zu mir gewesen und schien mir ernsthaft helfen zu wollen. Selbst wenn er derjenige gewesen war, der mich in diese ganze magische Angelegenheit reingeritten hatte – was ich übrigens immer noch nicht zu schätzen wusste –, hieß das nicht, dass er dafür den Tod verdiente.

„Aber wie kann ich helfen? Ich bin nur ein Mensch", murmelte ich und fühlte mich in diesem Moment so nutzlos.

Fluffikins' Augen funkelten. „Ah, aber du hast jetzt Magie. Was sagst du? Schließt du dich den guten Jungs an?"

Welche Wahl hatte ich denn noch? Der Einsatz fühlte sich jetzt viel höher an, da jemand, den ich kannte und mochte, in Gefahr war. Ich seufzte und nickte. „Wenn du sicher bist, dass du mich brauchst und dass du mich beschützen wirst, dann bin ich dabei."

„Großartig. Wir haben schon mehr Zeit vergeudet, als mir lieb ist, aber zum Glück ist Melony nur Hexe einer untergeordneten Stufe. Sie wird mit den traditionellen Mitteln reisen müssen, also können wir es schaffen, vor ihr am Ziel zu sein. Folg mir." Der Kater lief zur Tür und ließ sich selbst hinaus.

Ich folgte ihm und fragte mich, ob ich verrückt war, weil ich zugestimmt hatte, bei den wenigen Informationen, die ich erhalten hatte, zu helfen.

„Jetzt schnapp dir meinen Schwanz", rief Fluffikins in den stillen Morgenhimmel.

Ich beugte mich zu ihm hinunter, schloss die Augen und umklammerte den Schwanz, als hinge mein Leben davon ab. Sein weiches, flauschiges Fell wurde in meinem Griff hart, und dann begann es zu wachsen. Als ich die Augen wieder öffnete, hielt ich keinen Schwanz mehr fest, sondern einen Besenstiel, und ich stand nicht mehr in meinem Vorgarten.

Ich war dabei zu fliegen.

18

Der rasende Wind peitschte die Hosenbeine meiner Pyjamahose gegen meine Knöchel – oder vielmehr war es der durch die Lüfte flitzende Besen, den ich irgendwie aus dem Schwanz eines sprechenden Katers hervorgezaubert hatte.

Fluffikins flog mühelos an meiner Seite. Er sah aus, als würde er mitten im Sprung schweben, während er wie ein Geschoss durch die Luft sauste.

Da waren wir also, im Wettlauf gegen die Zeit, um einen Mörder davor zu bewahren, getötet zu werden, weil er offenbar aus den richtigen Gründen getötet hatte, während seine angehende Mörderin ihn aus den falschen Gründen töten wollte.

Ein klein wenig verwirrend, ich weiß.

Ich war auch mehr als nur ein wenig verärgert darüber, dass ich für diese bedeutsame Begegnung ausgerechnet meinen schäbigen Schlafanzug hatte anziehen müssen. Ich hatte jedoch nicht viel Zeit, mir darüber Gedanken zu machen, denn Fluffikins und ich erreichten unser Ziel nur ein paar Minuten nach dem Abflug.

Ich erkannte den Bürokomplex von meinem Besuch am Vortag wieder. Es ergab Sinn, die Suche dort zu beginnen, aber würde Parker überhaupt dort sein? Er hatte mir gesagt, dass er auch einen regulären Polizeijob hatte, was bedeutete, dass er wahrscheinlich nicht den ganzen Tag im Hauptquartier der APZ herumlungerte, nur für den Fall, dass der Chefkater ihn brauchte.

Verdammt, vielleicht hatte Melony ihn auch schon längst gefunden.

Mr Fluffikins murmelte etwas vor sich hin, und der gläserne Konferenzraum öffnete sich wie eine aufblühende Blume. Rosa glitzernde Magie wirbelte um uns herum, als das Gebäude uns wie eine Venusfliegenfalle einsaugte.

Mein Besen verschwand und ich taumelte Richtung Boden. Doch dann fing mich das rosa Zeugs auf und setzte mich sanft in einem der vielen Chefsessel ab, die den Tisch umgaben. Es fühlte sich ähnlich an wie heute Morgen in Mrs Haberdashs Haus, als würde ich in einem Bad aus perfekt temperiertem Wasser schweben. Das Rosa pulsierte sanft, beruhigte und tröstete mich, gab mir eine federleichte Massage.

Fluffikins landete vor mir in einem absolut anmutigen und perfekt ausgeführten Manöver, ganz ohne Zauberei. Die rosa Magie teilte sich, um ihm Durchlass zu gewähren, anstatt ihn vorwärts zu locken, wie sie es bei mir getan hatte.

„Ich berufe hiermit eine Notfallsitzung des Rats ein", sagte er, und seine Worte hallten durch den Raum. „Alle Verbindungsleute werden benötigt."

Die rosa Magie sammelte sich zu einem Ball und sprang durch das offene Dach in den Himmel.

„W-was ist hier los? Wo ist P-Parker?", stotterte ich. Die Abwesenheit des atmosphärischen Zaubers beunruhigte mich sehr, obwohl ich nur ein paar Sekunden unter seinem Einfluss gestanden hatte.

Fluffikins schritt besorgt die Länge des Tisches ab. „Er ist auf dem Weg, zusammen mit den anderen. Ich berufe selten eine Notfallsitzung ein, aber wenn ich es tue, haben sie keine andere Wahl, als sofort hierherzukommen."

„Was ist das eigentlich für ein rosa Glitzerkram?", fragte ich und beobachtete, wie es sich über der offenen Decke drehte und tanzte. „Ich habe das nicht gesehen, als ich gestern hier war."

„Du hattest keine Magie, als du gestern im Sitzungssaal warst. Sie war da, aber du konntest sie noch nicht sehen. Sie ist immer da", antwortete er zerstreut, während er weiter auf dem Tisch hin und her ging.

„Woraus besteht sie?" Ich wollte es wissen, aber mehr als das musste ich ihn zum Reden bringen, um mich von meinen eigenen Gedanken und Sorgen abzulenken.

„Es ist nur ein kleines Stück der konzentriertesten und mächtigsten Magie der Erde, direkt aus ihrem Kern entnommen. Jeder unserer Agenturen rund um den Globus wurde ein Teil davon gewährt, um uns mit dem Ganzen verbunden zu halten. Es erhält das Gleichgewicht innerhalb jeder Region stabil und verhindert, dass irgendein Zentrum zu viel Macht erlangt." Er sprach so geschmeidig und wortgewandt, dass ich mich fragte, ob er etwas oder jemanden wortwörtlich zitierte.

„Wie macht sie das?"

Hin und her. Hin und her. Hin und her.

Ich wurde von Minute zu Minute ängstlicher, zumal auch Fluffikins verunsichert schien.

Er drehte noch ein paar Runden um den Tisch

und ließ sich dann mir gegenüber nieder. „Indem sie die sogenannte Intuition in nicht-magischen Menschen entfacht und sie dazu bringt, so zu handeln, dass es gut für die Menschheit als Ganzes ist, auch wenn sie glauben, aus egoistischen Wünschen heraus zu handeln.“

„Hm. Ich muss zugeben, das ist alles ein bisschen weit hergeholt. Ich war gerade dabei, mich mit dieser ganzen Stadthexennummer anzufreunden, und jetzt erwartest du, dass ich an eine lebendige Art von Magie glaube, die die ganze Menschheit im Gleichgewicht hält?“

Er zuckte mit den Schultern. „Du hast gefragt. Ich habe nur geantwortet.“

„Warum bin ich hier?“

„Weil die Magie dich auserwählt hat. Es gab einen Grund, dass du Lilas Leiche entdeckt hast, dass du Barnes begegnet bist, sogar, dass du da warst, als Melony auftauchte, um den Hut zurückzufordern.“

„Ich bin niemand Besonderes.“

Er nickte. „Ich wäre geneigt, dir zuzustimmen, aber die Magie hat immer recht.“

Ich verschränkte die Arme vor der Brust. „Wenn die Magie so übermächtig und toll ist, wie kommt es dann, dass immer noch jeden Tag so viele schreckliche Dinge passieren? Menschen werden ermordet, wie wir alle wissen. Kinder werden ihren Eltern weggenommen, Kriege töten Millionen. Warum verhindert die Magie nichts von alledem?"

„Balance umfasst sowohl Dunkelheit als auch Licht, Gut und Böse. Es ist für den Uneingeweihten schwer zu verstehen. Dennoch hat sie dich auserwählt, eine bedeutende Rolle in dem zu spielen, was kommen wird."

„Es gibt Prophezeiungen?", keuchte ich, während mir eine Gänsehaut über die Arme lief.

Die Augen des Katers leuchteten auf, aber er sah schnell weg und richtete seinen Blick knapp über meine linke Schulter. „Nein, nein. Ich habe keine Ahnung, was als Nächstes passiert, aber was auch immer es ist, du wirst eine wichtige Rolle darin spielen."

Ich biss mir auf die Unterlippe, während ich darüber nachdachte. Ein Teil von mir wollte Fluffikins anbrüllen, weil er mich so tief in dieses Agentur-Durcheinander hineingezogen hatte, ohne mir irgendetwas davon auf eine Weise zu erklären, die ich tatsächlich verstehen konnte. Ein anderer, sehr großer Teil von mir verstand aber, dass ich niemals zugestimmt hätte, hier mitzumischen, wenn er mit irgendeiner dieser Verrücktheiten, die in den letzten

Minuten ans Licht gekommen waren, dahergekommen wäre.

„Was, wenn ich nicht genug bin?", fragte ich stattdessen. Das war nicht nur jetzt meine größte Sorge. Es war meine größte Angst im Leben. Ich war für meinen Ex-Mann nicht genug gewesen. Meine Geschwindigkeit, Bücher zu schreiben, reichte meinem Agenten kaum aus. Konnte ich mit all diesen Misserfolgen genug für etwas sein, das so viel bedeutete?

Fluffikins starrte mich mit großen Augen an. „Oh, aber Tawny. Das bist du doch längst."

19

Nicht einmal zwei Minuten nach Fluffikins' Aufruf betraten die anderen Ratsmitglieder den Raum und setzten sich zu uns an den Tisch.

Zuerst kam Greta. „Ich habe das Haus mit meinen besten Schutzwällen versehen, um die bereits vorhandenen zu verstärken. Lilas Zauber schwinden schnell, jetzt, wo sie nicht mehr dort wohnt", informierte sie uns, noch bevor sie auf ihrem Platz gelandet war.

Als Nächstes kam der alte Mann im Anzug. „Ich muss schon sagen, Sie haben mich aus einer sehr wichtigen Prozession geholt."

„Das kann warten", fauchte sein Boss. „Womit wir

es zu tun haben, betrifft die gesamte Region, quer durch alle Abteilungen."

Der alte Mann blinzelte heftig und sein Mund hing leicht auf. „Alle?"

Fluffikins nickte ernst, als zwei weitere Verbindungsleute angeflogen kamen und ihre rechtmäßigen Plätze einnahmen. „Nun lasst uns beginnen."

„Warte! Wo ist Parker?", brachte ich heraus, während ich den Himmel nach seiner vertrauten Gestalt absuchte. „Warum ist er noch nicht hier?"

„Wenn er kann, dann wird er kommen", sagte Greta vom Platz neben mir und griff unter dem Tisch nach meiner Hand, um sie zu drücken.

Wenn? Aber hatte Fluffikins nicht gesagt, Anwesenheit sei Pflicht? Meinte Greta, dass er vielleicht schon tot oder handlungsunfähig war?

Ich klammerte mich fest an ihre Hand, brauchte jeden Funken Trost, den ich dort finden konnte.

„Die Sitzung ist hiermit eröffnet." Fluffikins begann wieder, auf dem Tisch auf und ab zu gehen, diesmal wie ein General. „Lassen Sie mich zuerst sagen, dass es mir leid tut, ohne das Wissen des gesamten Rats gehandelt zu haben, besonders jetzt, da ich sehe, dass mein voreiliges Handeln keinen positiven Einfluss auf das Ergebnis hatte."

Er hielt inne, aber niemand sprach, um die Stille zu füllen. Wir alle warteten.

„Lila Haberdash war kompromittiert", offenbarte die Katze. „Und so bat sie mich, ihren Tod zu organisieren, damit wir den Übergang der Magie der Stadt auf ihren nächsten Wirt kontrollieren könnten."

Einige im Raum schnappten hörbar nach Luft. Nur Greta neben mir reagierte nicht. Sie wusste es schon, wurde mir da klar. Sie wusste alles, absolut alles. Und sie war eindeutig nicht damit einverstanden, zumindest nicht mit meiner Beteiligung an den Auswirkungen. Nicht, weil sie mich nicht mochte, sondern weil sie mich beschützen wollte. Mein erster Eindruck von ihr war völlig falsch gewesen.

„Wie wurde sie kompromittiert?", fragte der alte Mann.

Fluffikins blieb stehen und hob eine Pfote an seine Stirn, als ob er Schmerzen hätte. „Lilas Großnichte, Melony Haberdash, manipulierte ihren Großvater so, dass er das magische Erbe der Familie preisgab, einschließlich der Art und Weise, wie die Macht von einem Erben zum nächsten weitergegeben wird."

„Sie wollte also Mrs Haberdash töten", ergänzte ich.

„Ja, Lila hat das sicherlich angenommen. Die Magie darf nicht enthüllt werden, bevor die Vorbereitungen für einen Transfer fast abgeschlossen sind, um genau so etwas zu verhindern. Aber Lilas Bruder, Melonys Großvater, hat sich immer darüber geärgert, dass die Magie ihn als Erstgeborenen übersprungen hat und an seine Schwester gegangen ist. Ich vermute, dass Melony nicht allzu viel Druck ausüben musste, um die Informationen zu erhalten, die sie suchte."

„Ich habe Sie ja gewarnt", sagte der alte Mann mit einem traurigen Kopfschütteln. „Lila war eine große Bereicherung für diese Stadt, aber sie stammte nicht aus gutem Hause. Ihr Bruder hat sich nie davon erholt, dass er diese Position verloren hat, obwohl er von vornherein nicht dafür geeignet war. Jetzt schickt er seine Erben in zweiter Generation vor, um Stress zu machen? Wir hätten ihn schon vor Jahren ausschalten sollen, als er anfing, Ärger zu machen."

„Lila wollte nie, dass ihrer Familie etwas zustößt. Ich glaube, ein kleiner Teil von ihr hat immer gehofft, dass sie sich versöhnen könnten", antwortete Greta. „Es war nur richtig, ihre Wünsche zu respektieren."

„Lila war eine der Guten", stimmte Fluffikins zu. „Leider hat ihre Familie ihr gutes Herz ausgenutzt."

„Was wird Melony jetzt tun? Und woher wissen wir, dass sie allein handelt? Wenn ihr Großvater damit angefangen hat, könnte er nicht trotzdem mit drinstecken?", fragte ich laut. Innerlich sehnte ich mich immer noch nach Parker. Was, wenn Melony ihn schon erwischt hatte? Was, wenn ich ihn nie wieder sehen würde?

„Wir wissen nicht, was der Plan ist, nur dass er gestoppt werden muss", erklärte Greta leise und hielt meine Hand immer noch fest.

„Wo ist sie denn? Können wir sie nicht in ein magisches Gefängnis sperren und den Schlüssel wegwerfen? Wir müssen doch etwas tun!"

„So einfach ist das nicht", erklärte die Katze.

„Magie hat immer ein gewaltsames Ende", sagte Greta und wiederholte damit die gleiche Warnung, die sie mir zuvor gegeben hatte.

„Warum habt ihr Parker dann so in Gefahr gebracht? Wenn ihr wusstet, dass Melony sich Lila holen wird, hättet ihr dann nicht alle wissen müssen, dass sie auch ihn angreifen würde, sobald sie merkt, was passiert ist?" Ich kochte mittlerweile vor Wut. Sie hatten Parker wissentlich in Gefahr gebracht. Das war einfach nicht richtig.

Fluffikins seufzte. „Wir hatten nicht so viel Zeit, wie wir hofften. Letztlich hat sich Barnes freiwillig gemeldet, weil er nicht riskieren wollte, dass sich Greta an seiner Stelle in Gefahr begibt."

Sie drückte meine Hand unter dem Tisch. „Er sagte, er wolle auf keinen Fall unsere Schulen gefährden. Wenn wir uns eine bessere Welt wünschen, dann müssen wir die Zukunft hüten wie einen Schatz."

Kein Wunder, dass ich den Kerl mochte. Er war gut aussehend, mutig und liebte Kinder. Wäre ich nicht so ein Pessimist, was die Liebe anging, hätte ich vielleicht der Schwärmerei nachgegeben, die drohte, mein Herz zu erobern. Stattdessen schluckte ich all die vielen Dinge hinunter, die ich in diesem Moment fühlte, und fragte die eine Sache, die am wichtigsten war. „Wie können wir Melony aufhalten?"

In diesem Moment beschloss ich, dass ich auf jede erdenkliche Weise helfen würde. Ob es darum ging, Parker zu schützen oder ihn zu rächen, ich war voll dabei.

20

Trotz der Dringlichkeit meiner Frage und der Tatsache, dass es sich um eine ziemlich gute handelte, wurde sie von Fluffikins nicht zur Kenntnis genommen.

Vielleicht hatte er es ja vor, aber eine der Kontaktpersonen sprang auf die Füße und stemmte die Hände in die fülligen Hüften. „Warum wurde nicht der gesamte Rat informiert? Ich persönlich hätte gerne davon erfahren, bevor alles in die Hose ging."

„Entschuldige, Connie", murmelte der Kater. Schleimte er sich tatsächlich bei ihr ein, wo er doch das Sagen hatte? „Lila zog es vor, dass so wenige Menschen wie möglich von dem Plan wussten, ihr Leben präventiv zu beenden. Wie du weißt, ist es das ultimative Opfer und die höchste Pflicht einer Stadthexe, zu sterben während sie ihre Stadt beschützt. Sie wusste, was getan werden musste, und wollte nicht, dass jemand versucht, sie umzustimmen."

„Aber *sie* wusste es." Connie zeigte anklagend auf Greta. Ihre geknurrten Worte jagten mir einen Schauer über den Rücken. Sie klangen nicht wirklich menschlich, aber was sollten sie sonst sein? „Was hatte diese Entscheidung bitte mit ihrer Abteilung zu tun? Nichts!"

Die Geduld des Katers war nun erschöpft. Er seufzte und rieb sich mit einer Pfote über die Stirn. „Du weißt sehr wohl, dass Greta als Verbindungsperson der Schulen am besten in der Lage ist, mit Situationen umzugehen, die die Zukunft betreffen. Außerdem ist Melony noch jung, sie ist selbst noch Schülerin. Spätestens nach dem Sommer sollte sie auf die Akademie gehen und anfangen ..."

„Das wird jetzt natürlich nicht passieren", warf Greta mit mürrischer Miene ein.

„Und Parker wurde informiert", fuhr Fluffikins fort, während er einen missmutigen Blick auf Connie richtete, „weil das bevorstehende Verbrechen direkt in seine Rolle als Verbindungsmann zur Polizei fiel."

„Trotzdem wäre die Abteilung Handel gerne benachrichtigt worden", schmollte Connie, die sich weigerte, einen Rückzieher zu machen.

„Landwirtschaft auch", mischte sich der schlicht aussehende Mann mittleren Alters neben ihr ein. Abgesehen von mir und Parker schien er mit mindestens zwei Jahrzehnten Abstand der Jüngste in der Runde zu sein.

Alle Augen richteten sich auf den Hundertjährigen im Business-Anzug.

„Nee", sagte der mit einer Handbewegung. „Der Friedhofsabteilung macht das nichts aus. Wir ziehen es vor, uns erst einzumischen, wenn man uns braucht."

„Friedhöfe?", flüsterte ich Greta zu.

„Ja, es ist eine der fünf wesentlichen regionalen Abteilungen."

Nachdem ich nun in rascher Folge ein paar neue Abteilungen genannt bekam, begann ich mental eine Checkliste zu erstellen. Im Vorstand saßen also Vertreter der Polizei, Schulen, Handel, Landwirtschaft und Friedhöfe – dann gab es natürlich noch die Stadthexe und Fluffikins. Was auch immer der genau machte.

Ich beschloss, ihn direkt zu fragen. „Jeder hier hat einen Job, sogar ich, obwohl ich nur eine Aushilfe bin. Was ist deine Aufgabe, Mr Fluffikins?" Ich benutzte das „Mr" in der Annahme, dass er meine

Frage eher beantworten würde, wenn ich ihm etwas mehr Respekt entgegenbrächte.

„Ich bin natürlich der Diplomat. Derjenige, der für diese Region als Ganzes verantwortlich ist." Das ergab irgendwie Sinn. Nach und nach begann ich es zu verstehen, aber ...

„Dann hätte ich nur eine Frage. Eigentlich zwei. Warte, es sind drei."

Er wedelte mit der Pfote, um mir zu signalisieren, dass ich fortfahren sollte.

„Okay, also erstens, wo ist Parker? Außerdem, wie halten wir Melony auf? Und wenn du Zeit hast, erklär mir doch bitte, warum es Agentur für paranormale Zeitarbeit heißt. Es scheint, als wäre niemand hier Zeitarbeiter, außer mir."

„Parker wird so schnell wie möglich hier sein, wenn er kann, und sobald wir ihn hier haben, wird Melony zweifellos auch auftauchen. Das wäre die beste Situation, da wir hier die globale magische Quelle haben, die uns schützt."

Ich blickte hinauf zur Decke, wo sich der glitzernde, atmosphärische Zauber wie ein schwerer rosa Nebel niedergelassen hatte.

Fluffikins fuhr fort: „Du bist derzeit unsere einzige Aushilfe, aber generell haben wir hier einen fliegenden Wechsel an Teilzeitkräften."

„Wenn das der Fall ist, warum stellt ihr dann nicht mehr Leute auf Vollzeitbasis für den Rat ein? Ist es, weil ihr keine Sozialleistungen zahlen wollt?"

Auf der anderen Seite des Tisches gluckste Connie, wobei ihr üppiger Busen bebte. Ich konnte nicht sagen, ob sie mich mochte oder nicht, aber ich konnte definitiv sehen, dass sie kein Fan von Fluffikins war.

Der Kater rollte mit den Augen, bevor er sie wieder auf mich richtete. „Das magische Gleichgewicht ist ständig im Fluss, und so ändern sich auch unsere Bedürfnisse. Die Mehrheit der Magieanwender ist mit ihren Fähigkeiten diskret und führt ein weitgehend normales menschliches Leben."

„Also seid nur ihr Typen überlastet?"

„Wir sind die Stärksten", sagte Greta, „weil wir unsere Fähigkeiten regelmäßig einsetzen können. Übung macht schließlich den Meister." Jetzt hörte sie sich endlich wie eine Lehrerin an. Nun, da ich alle besser kennenlernte, war es einfacher zu verstehen, wie sie in ihre Rollen passten.

„Okay, also mal sehen, ob ich das richtig verstehe", sagte ich. „Die meisten Leute haben keine Magie, und die meisten Leute, die Magie haben, benutzen sie nicht wirklich."

„Ja, außer instinktiv, wie du während unserer

Orientierung gestern Abend gesehen hast", sagte die Katze.

War diese verblüffende Zurschaustellung von elementarem Zorn wirklich erst letzte Nacht geschehen? Wow. Ich brauchte eine Sekunde, um das zu verarbeiten, bevor ich weitermachte.

„Die Verbindungsleute sind die stärksten Magieanwender, weil sie ihre Kräfte regelmäßig einsetzen", fasste ich zusammen.

„Ja, das ist richtig", bestätigte Greta mir.

„Okay, und warum haben wir dann alle so viel Angst vor dieser Melony-Tussi? Sie ist doch höchstens erst ... was? Achtzehn?" Ich erschauderte bei der Erkenntnis, dass ich praktisch ihre Mutter sein könnte. Gott sei Dank war ich es nicht.

Alle schauten mich an und warteten darauf, dass ich meinen Gedankengang fortsetzte, und das tat ich dann auch.

„Sie ist keine Verbindungsperson, was bedeutet, dass sie keine reguläre Magiepraktikerin ist. Wir wissen, dass sie welche besitzt, wegen der Konfrontation, die Greta und ich mit ihr hatten, aber kann mir jemand bitte mal erklären, warum sich die mächtigsten Magier der Region vor einem kleinen Mädchen verstecken?"

21

Niemand sprach, bis endlich Fluffikins tief Luft holte und sagte: „Das ist keine schlechte Frage. Wir könnten Melony leicht überwältigen, aber nur weil wir es können, heißt das nicht, dass wir es auch sollten."

Ich warf meine Hände in die Luft, etwas, das ich ehrlich gesagt in letzter Zeit sehr oft tat. „Ernsthaft, Leute? In der einen Sekunde stellt ihr euch als diese edlen Verteidiger des Gleichgewichts dar, und in der nächsten redet ihr euch dabei raus, ein sehr simples Problem zu lösen. Euch ist schon klar, dass sich das nur in ein viel größeres Problem verwandeln wird, oder? Ich meine, was ist aus dem ganzen selbstgefälligen Geschwafel geworden, das ihr mir vor etwa drei Minuten erzählt habt?"

Greta legte beide Hände flach vor sich auf den Tisch. Die weißlichen Augenbrauen, die ihre hellblauen Augen umrahmten, verliehen ihr ein fast wölfisches Aussehen. „Ich verstehe, dass es vieles in unserer Welt gibt, das Sie noch nicht begreifen können, aber es gibt Nuancen, die, so klein und scheinbar widersprüchlich sie auch sein mögen, so wichtig sind, dass sie eingehalten werden müssen, besonders für diejenigen in Machtpositionen."

„Sie kümmern sich also nicht um Melony, weil das negativ aussehen würde? Greta, Sie waren diejenige, die mir sagte, dass Magie immer ein gewaltsames Ende hätte. Melony ist hier die Anstifterin, also warum unternehmen Sie nichts?" Ob ich nun durch einen dummen Zufall bei der Agentur für paranormale Zeitarbeit gelandet war oder nicht, sei dahingestellt, aber ich würde meine Meinung hier laut und deutlich vertreten. Nämlich, dass ihr Erklärungsversuch wenig bis gar keinen Sinn ergab.

Als Greta den Kopf schüttelte, fiel ihr eine ihrer dichten blonden Locken in die Stirn. „Es ist nicht unsere Aufgabe, ein Leben zu beenden."

„Wollt ihr mich verarschen?", explodierte ich. Ich konnte nicht anders. „Ihr seid doch diejenigen, die Mrs Haberdash getötet haben!"

„Auf ihren Wunsch hin, ja. Sie hat ein Opfer

gebracht, um diese Stadt zu schützen, aber auch, um ihre nächsten Angehörigen zu schützen." Greta sah müde aus, aber deshalb nicht weniger standhaft in ihrer Erklärung. Auch wenn ihre vermeintliche Logik für mich nicht viel Sinn ergab, ließ sie sich nicht davon abbringen.

Ich beruhigte mich etwas. Greta war hier nicht der Feind. Mal abgesehen von den fehlgeleiteten Ansichten, stellte niemand in diesem Raum eine Bedrohung für mich oder diese Stadt dar. Melony hingegen ...

„Warum hätte Lila jemanden retten sollen, der sie umbringen wollte? Und was genau habt ihr vor, wenn Melony mit dem Ziel, Parker zu töten, hier auftaucht? Und zum letzten Mal, *wo ist Parker?* Denn er ist ganz sicher nicht hier, und es scheint einfach nur dumm zu sein, herumzusitzen und darauf zu warten, was als Nächstes passiert, wenn wir da raus-gehen und die Zukunft kontrollieren können!"

Fluffikins schnalzte spöttisch mit der Zunge. „Gesprochen wie eine echte Normalo. Hast du irgendetwas von dem gehört, was Greta oder ich dir zu erklären versucht haben?"

Ich richtete meine ganze Frustration auf den kleinen schwarzen Kater. „Alles, was ich höre, sind Geschwätz und Ausreden. Ihr habt die Macht, die

Sache zu beenden, aber stattdessen sitzt ihr hier hilflos herum. Aber das seid ihr nicht! Und deshalb solltet ihr da draußen sein und Parker helfen!"

Fluffikins fuhr bedrohlich die Krallen aus. „Ich bin noch nie so ..."

„*Hoppla, hoppla, langsam.* Beruhigt euch." Parkers vertraute Stimme schwebte von oben herab, als er zu seinem Sitzplatz glitt. „Ich bin ja hier."

Die rosafarbene Magie in der Luft schimmerte kurz, dann rauschte sie zurück an die Decke. Jetzt, wo alle anwesend waren, schloss sich die Glaskuppel und sperrte die Außenwelt aus.

Greta legte eine Hand auf meine Schulter und lehnte sich zu mir, als wollte sie mir etwas unter vier Augen sagen, aber das war mir in dem Moment egal.

Parker war hier! Er war okay!

Ich sprang von meinem Stuhl auf und lief hinüber, um ihn zu umarmen. Es spielte keine Rolle, dass ich ihn kaum kannte – er war am Leben und möglicherweise ein Held. Die Tatsache, dass er sich in ungewisser Gefahr befand, ließ mich erkennen, wie sehr ich ihn von Anfang an gemocht hatte.

Er stand auf, um mir entgegenzukommen und zuckte zusammen, als ich beide Arme um ihn schlang, aber dann ließ er die Umarmung zu.

„Alles in Ordnung?", flüsterte ich und löste mich von ihm, um ihm in die Augen zu sehen.

Er wirkte etwas erschöpft, aber sein Lächeln schien aufrichtig. „Mir geht es gut", bestätigte er mit einem erleichterten Seufzen.

Frische Schnitte und Schürfwunden bedeckten sein Gesicht, seinen Hals und seine Arme, aber nichts davon schien wirklich ernst zu sein. Was hatte ihn aufgehalten? Hatte er kurzen Prozess gemacht und gehandelt, während der Rest des Gremiums hier saß und Däumchen drehte?

Das würde ich ihm zutrauen.

Parker war zwar einer von ihnen, aber er war auch anders.

Irgendwie menschlicher.

Vielleicht lag es daran, dass er als Polizist daran gewöhnt war, die Dinge in Schwarz und Weiß zu sehen ... richtig oder falsch. Und was Melony tun wollte, war falsch. Das sah er wohl.

Aber würde er trotz dieser Überzeugungen gegen die Wünsche seines Chefs handeln? Hatte er das schon getan? Ich wusste, dass ich eine Menge Mutmaßungen anstellte, aber Parker war eben zweifellos einer der guten Jungs. Vielleicht sogar der beste.

„Ich war so besorgt", murmelte ich und drückte

ihn fester an mich. Ich wollte, dass er der Held war, den wir brauchten, aber noch mehr als das wollte ich, dass er sicher und hier bei mir war. Obwohl ich mich anfänglich dagegen wehrte, hatte es mich jetzt doch voll erwischt. *Dumme Gefühle.*

„Wo warst du?", verlangte Fluffikins zu wissen. „Warum die Verzögerung?"

Parker ließ mich los. Einen Moment lang ließ er den Kopf hängen, als wäre er zu müde, ihm zu antworten. Aber dann richtete er sich wieder auf und sagte: „Melony war bei mir."

Melony.

22

ch legte eine Hand auf Parkers Schulter.

Er zuckte zusammen, bevor er den Blick abwandte. Das Lächeln, das folgte, kam ein paar Sekunden zu spät, um natürlich zu sein.

Uh. Jetzt war ich wirklich besorgt um ihn. War schon etwas Schreckliches passiert? Zeigte er uns nur eine starke Fassade?

„Was meinst du damit, dass sie zu dir gekommen ist?", hakte ich nach, in der Hoffnung, dass er mir die Wahrheit sagen würde. „Bist du sicher, dass es dir gut geht?"

Er presste die Lippen zusammen, dann zog er den Stuhl vor sich heraus und nahm Platz. „Ich bin ja jetzt hier. Richtig?"

„Was ist passiert?", fragte ich und weigerte mich,

von seiner Seite zu weichen, obwohl er offensichtlich nicht mit mir diskutieren wollte.

„Genug, Tawny. Nimm Platz", befahl Fluffikins, während er zum Kopfende des Tisches schritt und sich dann auf seinen Hintern plumpsen ließ. „Gib uns sofort einen vollständigen Bericht, Barnes."

Ich hielt meine Augen auf Parker gerichtet, während ich zu meinem Platz neben Greta zurückmarschierte.

Alle warteten mit angehaltenem Atem.

Parker faltete die Hände vor sich und seufzte. „Sie hat mich eingeholt, als ich auf dem Weg ins Revier war. Es waren zu viele Normalos da, also führte ich sie zu einem leeren Parkplatz am Stadtrand. Ich hatte erwartet, dass sie mich sofort angreifen würde, sobald wir beide aus dem Auto gestiegen waren, aber stattdessen wollte sie reden. Sie sagte, der Job der Stadthexe gehöre ihr, es sei schon schlimm genug, dass ihre Großtante Lila ihn ihrem Großvater gestohlen habe. Sie wolle den Job nicht eine Sekunde länger der falschen Person überlassen."

„Aber du bist jetzt hier und behauptest, dass es dir gut geht", sagte ich verblüfft. „Also, was ist passiert?"

„Tawny, sei still!", fauchte Fluffikins drohend.

„Mir ist klar, dass du viele Fragen hast, aber du bist hier nicht diejenige, die das Sagen hat."

Parker runzelte die Stirn. „Sie forderte mich auf, mich zu ergeben, aber ich weigerte mich. Da griff sie an. Ich versuchte, sie nicht zu verletzen, aber sie kam so schnell auf mich zu, dass ich nicht ausweichen konnte ..." Seine Stimme brach.

„Wir haben Lila versprochen, dass sie unversehrt bleibt", warf Greta ein und sprang so schnell auf, dass ihr Stuhl hinter ihr umkippte.

Parker fuhr sich mit den Händen durch die Haare und stieß einen erstickten Schluchzer aus. „Ich weiß. Es tut mir so leid. Es ist die Magie. Mit Lilas und meiner eigenen, war es einfach zu viel. Ich konnte es nicht kontrollieren."

„Das ist in der Tat sehr beunruhigend", sagte Fluffikins und peitschte seinen glänzenden schwarzen Schwanz durch die Luft.

„Ich wäre schon früher hier gewesen, aber ich wollte Melony nicht direkt zu unserem Hauptquartier führen. Das heißt, wenn sie es überhaupt geschafft hat, zu überleben", gab Parker kleinlaut zu. „Ich wusste nicht, was ich sonst tun sollte. Es tut mir leid, wenn ich dem Rat solchen Ärger gemacht habe."

„Und was passiert jetzt?", fragte ich, als sich niemand sonst zu Wort meldete. „Die Bedrohung ist vorüber, richtig? Also geht alles wieder seinen gewohnten Gang?"

„Aber zu welchem Preis?" Greta biss die Zähne zusammen und schlang die Arme um sich, während sie sich hin- und herwiegte. „Du hast dich Lilas letztem Wunsch widersetzt. Melony war die einzige verbliebene Erbin der Haberdashs. Abgesehen von ihrem Großvater, versteht sich."

Was war hier eigentlich los? Keine dieser Erklärungen machte die Dinge klarer, also stellte ich eine Frage, obwohl Fluffikins mir befohlen hatte, zu schweigen. „Melony wäre also sowieso irgendwann die Stadthexe geworden? Wenn das der Fall ist, warum hätte sie dann ihre Tante töten wollen? Nur, um es ein bisschen früher geschehen zu lassen?"

„Sie war noch nicht so weit", sagte Greta und legte mir eine Hand auf die Schulter, aber ich zog sie weg. „Melony muss erst noch richtig erwachsen werden, und Lila war schon so krank. Sie wäre nicht in der Lage gewesen, einen möglichen Angriff abzuwehren."

„Aber Parker hat jetzt die Kräfte. Ob es Melony gut geht oder nicht, das Legat der Haberdashs ist gestorben."

„Das heißt aber nicht, dass auch die Leute tot sein müssen", konterte Greta.

Connie, die gut gekleidete Leiterin der Handelsabteilung, ergriff als Nächste das Wort. „Indem sie
jemanden von außerhalb ihrer Familie als Nachfolge
bestimmte, hat Lila wissentlich ihre eigene Linie
zerstört."

Gretas hellblaue Augen blitzten rot auf. Das
erschreckte mich so sehr, dass ich verängstigt den
Mund hielt, während die anderen stritten. „Welche
Wahl hatte sie denn? Menschen sind wichtiger als
Macht."

„Das Mädchen hätte in die Rolle hineinwachsen
können", sagte der Mann mittleren Alters, der die
Landwirtschaftsabteilung leitete.

„Oder es hätte sie zerstören können", schoss Greta
zurück, die Augen immer noch flammend rot.

„Genug!", rief Fluffikins, und das Feuer in Gretas
Augen verschwand. Sie nahm ihren Platz neben mir
ein, und ich rückte völlig verunsichert so weit wie
möglich von ihr weg.

„Was nun?", fragte sie ruhig und sanft, aber ich
nahm ihre Gutmütigkeit nicht mehr als selbstver-
ständlich hin. „Beech Grove braucht seine
Stadthexe."

Alle Augen richteten sich auf mich. „Ich kann das
doch nicht …", stotterte ich.

„Die Magie, die wir dir gegeben haben, war nur

vorübergehend", betonte der Kater. „Um die offizielle Stadthexe zu werden, müsstest du deinen Vorgänger töten."

Parkers Blick traf meinen, und er starrte mich an, als sähe er mich zum ersten Mal.

„Aber Parker ...", murmelte ich.

„Ja, wir sind in einer miesen Lage", gab Fluffikins zu. „Eine Person kann nicht zwei Rollen auf unbestimmte Zeit ausfüllen. Das macht die Region zu verwundbar."

„Was sollen wir dann tun?", rief ich und fühlte mich mehr als hilflos. Anstatt eine Lösung zu finden, wurden die Dinge immer schlimmer. Würde das bedeuten, dass noch mehr Leben verloren gingen? Was für ein schrecklicher Gedanke.

„Wir müssen einen neuen Verbindungsmann für die Polizei finden, aber der Prozess dauert leider eine Weile", sagte Fluffikins. „Normalerweise sind wir auf Übergänge besser vorbereitet, aber Lila bat darum, dass wir schnell handeln und die anderen Details klären, nachdem die unmittelbare Bedrohung entschärft wurde."

„Kann ich helfen? Du brauchst mich doch nicht mehr als Aushilfshexe, oder? Ich kann die doppelte Beamtenstelle übernehmen." So viel Angst ich auch hatte, es wäre noch schlimmer, ihnen jetzt den Rücken zu kehren.

„Aber du bist kein Polizist", sagte Parker mit todernster Miene und biss die Zähne zusammen.

„Können Sie nicht einfach den Zauberstab schwingen und die Unterlagen ändern?", fragte ich Greta, da sie mir am nächsten saß.

Es war Fluffikins, der für alle antwortete. „Wir wären noch verwundbarer, wenn wir jemandem, der weder in Magie noch in der Polizeiarbeit richtig ausgebildet ist, eine so wichtige Rolle anvertrauten."

„Was dann? Es muss doch etwas geben, das wir tun können!", rief ich, den Tränen nahe. Ich hasste es, vor den anderen schwach auszusehen, aber ich war ja auch schwach. Andererseits, wenn die Starken nicht willens oder in der Lage waren, die Situation in Ordnung zu bringen, fiel es mir zu, das zu tun.

Parker stand plötzlich auf und forderte die Aufmerksamkeit aller. „Tatsächlich glaube ich, dass es da eine Möglichkeit gäbe. Wenn ihr mir kurz zuhören würdet ..."

23

Parkers Stimme war kaum lauter als ein Flüstern. „Ich denke, es besteht eine Chance, dass Melony noch lebt – schwer verletzt und vielleicht dauerhaft verwundet, aber lebendig und gesund genug, um Verstärkung zu rufen."

Eine Erinnerung kam mir in den Sinn. Bei unserer Konfrontation hatte Melony zwar bedrohlich gewirkt, aber auch verängstigt und verzweifelt. Wenn sie mich oder Greta hätte verletzen wollen, hätte sie das leicht tun können, während wir an Ort und Stelle festgefroren waren.

Aber das hatte sie nicht.

Sie hatte sich einfach genommen, weswegen sie gekommen war – den *alten Hut* –, und war verschwunden. Sie hatte Parker auch erst gebeten, sich zu ergeben, bevor sie ihn angriff, aber was, wenn er die Situation falsch eingeschätzt hatte? Was, wenn sie auch da nicht beabsichtigt hatte, ihn zu verletzen? Was, wenn wir es alle falsch verstanden hatten?

Ich biss mir auf die Lippe, um das nicht laut zu sagen. Melony war bereits verletzt und möglicherweise tot. Es könnte bereits zu spät sein, ihr zu helfen, und es bestand auch eine sehr reelle Chance, dass ich ihr in dieser Situation viel zu viel zubilligte.

„Du sagtest, sie erwähnte ihren Großvater, als ihr beide miteinander gesprochen habt", merkte Fluffikins mit einer nachdenklichen Neigung seines Kopfes an. „Denkst du, dass sie zusammenarbeiten könnten?"

Mir schwirrte der Kopf bei all den Möglichkeiten. Melony könnte böses im Schilde führen, oder sie könnte ein verängstigtes Kind sein, das versuchte, das einzige Familienmitglied zu beeindrucken, das ihr noch geblieben war. Ich hatte ganz sicher nicht erwartet, dass Parker Mrs Haberdashs Mörder wäre und auch nicht, dass sie ihr eigenes Ableben selbst geplant hatte.

„Alles ist möglich", antwortete Parker unserem Chefkater, obwohl sich seine Worte anhörten, als seien sie speziell an mich gerichtet. Hatte er ebenfalls den Verdacht, dass sich hinter der ganzen Geschichte noch mehr verbarg?

Er räusperte sich und fuhr fort: „Selbst wenn sie nicht überlebt hat, besteht immer noch die Möglichkeit, dass er nach ihr sucht ... und dann auf Rache aus ist."

Fluffikins nahm sein Hin- und Herschreiten wieder auf. Ich merkte, dass er das immer dann tat, wenn sich seine Gedanken schneller bewegten als seine Worte. „Was uns in eine doppelt verwundbare Lage bringt", zischte er, obwohl der Laut keine Wut in sich trug. „Wir haben ein Ratsmitglied weniger und müssen uns vielleicht mit einem verbündeten Feind auseinandersetzen."

Diese neuen Informationen unterbrachen meine innere Fragestunde.

„Was soll das bedeuten?", fragte ich und blickte von Parker zu Fluffikins. „Ein verbündeter Feind?"

Es war Greta, die antwortete. „Ein Großvater und eine Tochter – oder eigentlich zwei Blutsverwandte, die auf dasselbe Ziel hinarbeiten –, könnten ihre Magie durch ihre Familienbande verstärken. Es ist, als ob sie ihre Kräfte multiplizieren, anstatt sie einfach zu addieren. Anstatt zehn plus zehn gleich zwanzig, macht es hundert. Das ist der Grund, warum manche Magier große Familien haben. Mit so vielen Bindungen, die ihre Kräfte verstärken, sind sie praktisch unaufhaltbar."

„Die meisten würden diese Bindung nur nutzen, um sich selbst zu schützen, aber die Haberdashs ..." Parker schüttelte den Kopf. „Sie waren noch nie scharf darauf, die Regeln zu befolgen."

„Wir müssen sie finden und aufhalten", rief ich, mein Zögern angesichts dieser neuen Information wie weggeblasen. „Wie kann ich helfen?"

„Das kannst du nicht", sagte Fluffikins mit einem so intensiven Stirnrunzeln, dass es seine Schnurrhaare zur Brust zog. „Aber der Rest von uns kann die Stadt zum Schutz bewehren, nur für den Fall, dass Melonys Großvater noch nicht zu ihr gestoßen ist. Erinnert ihr euch noch an die Energiepunkte?", fragte er den Rest der Tafel.

Sie nickten alle feierlich. Ich nahm an, dass sie nicht über Elektrizität redeten.

„Ich will auch helfen", beharrte ich. „Ich habe immer noch Magie. Es ist vielleicht nicht viel, könnte aber reichen, um etwas zu verändern, was auch immer als Nächstes passiert."

„Nein, Tawny", sagte Greta mit kühler, entrückter Stimme, während sie sich mir zuwandte. Das Feuer war in ihre Augen zurückgekehrt, aber es war nur ein dumpfes Flackern. Ich hätte es gar nicht bemerkt, wenn sie nicht so nahe gesessen hätte.

Sie legte eine Hand auf meine Schulter und drückte ihre Stirn an meine. „Es ist sehr edelmütig, dass Sie helfen wollen, aber das ist nicht Ihr Kampf. Wir schützen seit Jahren die magischen Interessen in dieser Region. Manchmal gehört dazu, gefährliche Machtübernahmen zu stoppen. Wir sind alle dafür ausgebildet ...“

Sie packte mich an beiden Händen und zog mich mit sich auf die Füße.

Ich holte tief Luft und wartete.

Gretas Augen blitzten auf, dann nahmen sie wieder ihre normale blaue Farbe an.

„Wir sind alle für so etwas ausgebildet“, wiederholte sie. „Aber Sie sind es nicht.“

Mit dieser letzten Bemerkung riss sie mir die magische Brosche vom Hemd.

Meine Knie wurden schwach, aber ich fiel nicht hin, obwohl ich das Gefühl hatte, dass alle Kraft aus meinen Muskeln herausgesogen worden war.

Die rosa glitzernde Magie verschwand aus meinem Blickfeld, als die Kraft, die ich kurz in mir getragen hatte, verpuffte und erlosch. Die silberne Brosche, die meine geliehene Magie enthielt, glühte in Gretas Hand. Sie verspottete mich, forderte mich geradezu heraus, sie zurückzunehmen.

Aber ich hatte gesehen, was Macht bewirken konnte. Sie verwandelte Antworten in Fragen, geliebte Menschen in Feinde, und Sicherheit in Gefahr. Jeden Tag geschahen schreckliche Dinge, und der Rat ließ sie geschehen, um eine Art heiliges Gleichgewicht aufrechtzuerhalten.

Aber warum brauchten wir überhaupt ein Gleichgewicht? Wenn ich Magie hätte, würde ich sie benutzen, um eine bessere Welt zu schaffen, nicht um eine fehlerhafte und kaputte aufrechtzuerhalten.

Magie oder nicht, ich könnte trotzdem helfen.

Vielleicht wäre ich gerade ohne sie nützlich. Ich könnte eine menschliche Perspektive anbieten.

„Ich gehe nirgendwo hin", beharrte ich.

Aber Greta schrie und gab mir einen mächtigen Schubs. „Geh! Kehr zurück in dein Leben und hör auf, dich in unseres einzumischen."

24

Natürlich schossen mir jetzt eine Million Fragen durch den Kopf, aber bevor ich auch nur eine einzige stellen konnte, schubste mich Greta wieder. Und zwar kräftig.

Ich bemühte mich, an ihr vorbei zu sehen, in der Hoffnung, dass jemand anderes einschreiten oder etwas sagen würde.

Parker wich meinem Blick gezielt aus.

Währenddessen beschwor Mr Fluffikins einen starken Luftstoß herauf, der mich auf den leeren Flur hinausschob und die Tür des Konferenzraums hinter mir zuschlug.

Ich landete mit einem heftigen Bums auf meinem Hintern, genau wie letzte Nacht, als der herrische schwarze Kater meine Magie mit einem heimlichen Angriff getestet hatte.

Er hatte gesagt, dass ich, wenn ich Kräfte gehabt hätte, nicht in der Lage gewesen wäre, den Impuls zu stoppen, mich zu schützen. Wenn Greta mir die Brosche nicht bereits abgerissen hätte, wäre mein Versagen, den Angriff zu kontern, Beweis genug, dass meine Magie weg war.

Der Schmerz, der von meinem Hinterteil ausstrahlte, machte die Sache noch schlimmer.

Ich kämpfte mich auf die Füße und versuchte den Türknauf zu drehen, aber er rührte sich unter meinen klammen Fingern nicht einmal. Ich trat zur Seite und presste mein Gesicht gegen die Glassäule, die es ermöglichte, in den Raum hineinzuschauen. „Lasst mich rein!"

Ich konnte kaum mehr als Formen und Bewegungen hinter dem Achziger-Jahre-lastigen Design des Pfeilers erkennen, aber selbst das wurde mir genommen, als jemand eine dunkle Barriere herbeizauberte, die mir die Sicht versperrte.

Ich hielt inne und lauschte.

Stille.

Hatten sie auch eine Schallmauer errichtet? Oder waren sie längst alle durch die gläserne Decke ausgestiegen?

Parker hatte Energiepunkte erwähnt, etwas über den Schutz der Stadt vor Angriffen von außen. Meine Vermutung war, dass diese Orte garantiert nicht innerhalb des schmuddeligen Bürokomplexes lagen.

Sie waren auf dem Sprung ... oder zumindest würden sie es bald sein. Ich konnte hier nichts mehr ausrichten, also rannte ich nach draußen und fragte mich, ob ich eine Chance hätte, ihnen zu Fuß zu folgen. Vorausgesetzt, ich war überhaupt in der Lage, sie zu entdecken. Ich bezweifelte beides, in Anbetracht der Tatsache, dass meine morgendliche Reise auf dem magischen Besen weit schneller als alle zivilen Geschwindigkeitsgrenzen gewesen war.

Sie brauchten meine Hilfe. Das spürte ich tief in meinen Knochen, auch wenn sie es nicht taten. Auf die eine oder andere Weise würde ich einen Weg finden, um – wie hatte Fluffikins noch gesagt – das Gleichgewicht für uns positiv zu verändern.

Denk nach, Tawny, denk nach!

Ich wusste, dass Melony entweder tot oder in Gefahr war.

Dass ihr Großvater vielleicht auch darin verwickelt war, was noch viel schlimmer wäre, als ihr allein gegenüberzutreten.

Als aktueller Inhaber der Stadtmagie war auch Parker gefährdet.

Der Rat hatte beschlossen, sich zu den Energie-punkten zu begeben, um die Stadt zu schützen ... und da endete mein faktisches Wissen. Alles, was ich über Energiepunkte wusste, hatte mehr mit elektri-schen Leitungen zu tun, als mit der Abwehr von dunkler Magie. Ich hatte kein Auto, und Greta hatte mir meine Magie weggenommen, was mich in diesem größtenteils verlassenen, modernen Büro-komplex gestrandet ließ.

Und was nun?

Da ich keinen Plan hatte, beschloss ich, nach Hause zu fahren. Schließlich gab es nur einen Ort, der wahrscheinlich die Antworten haben könnte, die ich brauchte, und das war Mrs Haberdashs Haus. Dort würde ich warten, nicht, weil ich aufgeben wollte, sondern weil ich wusste, dass der Rat und seine Feinde irgendwann dorthin zurückkehren würden, wo alles begann.

Und wenn sie es taten, würden sie mich brauchen.

Das Haus wusste es, auch wenn sie es nicht wussten.

Warum sonst hätte mich seine Magie sofort akzeptieren sollen?

Ich fand es besonders seltsam, dass Greta diejeni-ge gewesen war, die mich verdrängt hatte. Sie hatte gesehen, wie sich das Haus für mich öffnete. Sie wusste, dass ich ein Teil davon war, besser als alle anderen.

Aber sie alle hatten mich ungewöhnlich schnell in ihre Gruppe aufgenommen und noch viel schneller wieder rausgeschmissen. Warum?

Ich schleppte mich den Bürgersteig entlang und wünschte, ich hätte meine Laufschuhe angezogen, damit ich mich ein wenig schneller bewegen könnte, um der Dringlichkeit der Situation gerecht zu werden.

Ich hatte es kaum um den Block geschafft, als mich eine Explosion von brennendem Licht aus dem Gleichgewicht brachte und mich wieder auf meinen armen, wunden Hintern stieß.

Schützend hielt ich mir eine Hand vor die Augen und versuchte, gegen das Licht zu blinzeln. War ein neuer Feind aufgetaucht?

Nein, es war nur Greta.

Okay, nicht *nur Greta.*

Es war Greta mit riesigen weißen Flügeln. „Nimm meine Hand", befahl sie, und ich hütete mich, ihr zu widersprechen.

Sobald sich unsere Finger berührten, schoss sie zurück in den Himmel und zog mich mit sich. „Was ist los?", japste ich verängstigt.

„Er lügt", sagte sie mit einem schnellen Blick in meine Richtung. Die Flammen waren in ihren Blick zurückgekehrt, und sie sah sowohl schön als auch erschreckend aus.

„Was? Wer lügt? Und warte, bist du ein ... ein ...?"

„Ja, ich bin ein Engel, und Parker hat gelogen."

Puh. Da gab es eine Menge zu verarbeiten. Ich wollte mit etwas Intelligentem antworten, aber stattdessen sagte ich nur: „Ähm, bist du sicher?", wie eine bescheuerte Normalsterbliche ... was ich ja auch war, wenn man meine Begleitung betrachtete.

„Fast alles, was er sagte, war eine Lüge, aber ich weiß nicht, warum."

„Heißt das also ...?"

„Ja, Melony geht es gut. Sie hatten nie eine Konfrontation."

Endlich fand ich ein paar hilfreiche Worte. „Warum hast du dann nicht alle davon abgehalten, die Stadt zu bewehren?"

„Weil etwas nicht stimmt. Ich wollte Parker nicht darauf aufmerksam machen, dass ich ihm auf der Spur bin."

„Woher wusstest du, dass er nicht ehrlich war?"

Sie zeigte auf sich und lächelte. „*Engel.*"

„Richtig."

„Wir müssen schnell handeln, bevor er merkt,

dass ich mich nicht zu den anderen gesellt habe. Willst du immer noch helfen?"

Das hätte sie wahrscheinlich fragen sollen, bevor sie mich in den Himmel katapultierte, aber egal. Ich machte mit, um zu gewinnen, auch wenn ich keine Ahnung hatte, wie der Sieg aussehen könnte oder was er letztendlich mit sich bringen würde.

„Ja. Ich werde helfen. Was soll ich tun?"

Sie warf mir ein großmütiges Lächeln zu, das mir einen Schauer über den Rücken jagte. „Du, meine Liebe, wirst uns als Köder dienen."

Na toll.

25

„Wohin geht die Reise?", schrie ich gegen den Wind, während der Engel und ich an Geschwindigkeit zulegten. „Und wie werde ich als Köder benutzt?"

„Wir fliegen zu dem Ort, an dem die ganze Sache angefangen hat", sagte Greta.

Keine Minute später landeten wir direkt vor Mrs Haberdashs Haus, zu dem ich sowieso schon alleine unterwegs gewesen war.

„Wie lautet der Plan?", fragte ich, als Greta ihre Flügel mit einer ruckartigen Handbewegung verschwinden ließ.

„Ich habe keinen besonderen Plan." Sie griff in ihre Tasche und zog meine Brosche heraus. Obwohl mir die Magie noch nicht lange genug gewährt worden war, um zu wissen, was ich damit anstellen sollte, fühlte ich mich sofort erleichtert. Zumindest konnten mich meine instinktiven Fähigkeiten für eine Weile beschützen. Ich hasste es, wie sehr ich sie wollte, obwohl ich bereits zu ahnen begann, dass Magie schreckliche Dinge mit dem Geist eines Menschen anstellte. Obwohl ich wusste, dass sie mich korrumpieren könnte, *sehnte* ich mich nach ihr.

„Es ist nur eine Attrappe", erklärte Greta und zerstörte meine Hoffnungen genauso schnell, wie sie sie geweckt hatte. Auch gut. So war es definitiv am besten. „Trag sie und tu so, als würdest du nach etwas Bestimmtem suchen."

Ich dachte einen Moment lang darüber nach. Ich dachte auch daran, wie unglücklich es war, dass meine Pyjamahose keine Taschen hatte. Ich schob den Köder in meinen BH, um ihn sicher aufzubewahren, und fragte dann: „Wonach soll ich suchen?"

„Das ist egal. Fuhrwerke einfach im Haus herum und sei generell auffällig. Wenn einer der Haberdash-Erben in der Nähe ist, werden sie kommen und dich finden." Sie trat vor mich, und ich studierte die Rückseite ihres schlichten, pastellfarbenen Hosenanzugs. Es gab keine Spur von den riesigen Flügeln, die uns vor wenigen Sekunden an diesen Ort gebracht hatten. Keine Risse an den Stellen, wo sie durch den Stoff hindurch erschienen waren. Kein Hinweis darauf, dass sie etwas anderes als ein gewöhnlicher Mensch war.

„Was wirst du derweil tun?", fragte ich skeptisch.

Sie blickte zum Horizont und runzelte die Stirn, was nicht gerade beruhigend war. „Ich werde alles aus der Nähe beobachten. Sobald ich wieder zurück bin, nachdem ich Mr Fluffikins meine Beobachtungen mitgeteilt habe."

Entsetzen durchfuhr mich. „Ich werde also allein da drin sein?"

„Nicht für lange, aber ich muss die anderen warnen, damit sie auf der Hut sind. Ich weiß, es ist viel verlangt, aber ich verspreche, dich zu beschützen. Deshalb musste ich dich vorhin auch wegstoßen. Ich konnte Parker nicht wissen lassen, dass ich ihn verdächtige." Sie drehte sich um und starrte in die Ferne.

„Weshalb zählt Parker denn jetzt zu den Verdächtigen?" Er war für mich derjenige im Rat, zu dem ich am einfachsten eine Beziehung hatte aufbauen können. Ich mochte ihn wirklich, aber ich hatte mich auch schon öfter in Leuten getäuscht.

Greta, zum Beispiel, hatte mich schon viele Male auf die Palme gebracht, seit ich sie an diesem Morgen kennengelernt hatte, aber sie schien auch am aufrichtigsten besorgt darüber zu sein, was mit mir – und mit Melony – geschah. Trotz ihrer Warnungen, dass Magie immer ein gewaltsames Ende nahm, schien sie sich nach einer friedlichen Lösung zu sehnen.

Sie knabberte an ihrer Unterlippe und richtete ihren Blick zurück auf mich. „Ich weiß es nicht, aber es sieht ihm nicht ähnlich, zu lügen. Ist dir im Sitzungssaal nicht auch aufgefallen, dass er ein bisschen, na ja, ... neben sich war?"

Tatsächlich hatte ich das, aber ich dachte, es wäre nur wegen des Traumas, möglicherweise jemanden getötet zu haben. Ich sagte erst einmal nichts darauf. Ich wollte Greta ja vertrauen, aber ich war immer noch so verwirrt über diese gefährliche neue Welt voller Magie. Sie war wahrscheinlich eine der Guten – weil sie ein Engel war –, aber wie konnte ich das mit Sicherheit wissen?

Nichts war wirklich sicher, bis es tatsächlich eintrat. Was bedeutete, dass mein Ziel war, die Wahrheit zu finden und sie als Leitfaden für mein Handeln zu nutzen.

Oh, außerdem auch, um nicht zu sterben.

Das war definitiv wichtig.

„Du hast gesagt, du würdest mich beschützen. Wie kannst du das garantieren, wenn du nicht da bist?", murmelte ich nervös.

Greta suchte erneut den Horizont ab und trat von einem Fuß auf den anderen, bevor sie sprach. „Komm näher", befahl sie.

Das tat ich, und sie packte meine Hand am Handgelenk und legte sie über mein Herz.

Das blendende Licht leuchtete wieder auf.

Ich blinzelte heftig, während ich beobachtete, wie es von Gretas Brust in meine Hand, meinen Arm hinauf und schließlich in meine Brust überging, wo es verblasste und verschwand.

„Du hast jetzt meine Rüstung des Lichts. Sie wird ausreichen, dich zu beschützen, während ich weg bin", sagte sie mit schmerzverzerrter Miene. Tat es ihr weh, diese Magie zu verlieren, so wie der Verlust meiner mich kurzzeitig geschwächt hatte?

„Was? Ich kann das nicht akzeptieren. Was ist mit dir?" Ich konnte nicht zulassen, dass sie sich so opferte. Es musste einen anderen Weg geben …

„Ich", sagte sie mit einem wehmütigen Grinsen, während sie ihre Flügel wieder ausbreitete, „werde einfach mein Bestes tun müssen, nicht zu sterben."

Bevor ich mit ihr streiten konnte, startete sie in den Himmel und überließ es mir, meinen Teil des Plans in Bewegung zu setzen. Und so atmete ich tief durch, ließ die Schultern rollen wie ein Boxer, der

sich auf den Ring vorbereitete, und joggte die Veran-
dastufen zum leeren Haus hinauf.

Nein, ich hatte keine magischen Kräfte, aber ich
konnte trotzdem irgendwie helfen.

Greta glaubte genug an mich, um mir ihr Leben
anzuvertrauen, und ich weigerte mich, sie zu
enttäuschen.

26

Greta hatte bereitwillig zugegeben, dass sie nicht wirklich einen Plan für uns hatte, dem wir folgen konnten. Keiner von uns wusste mit Sicherheit, was mit Parker los war, oder auch mit Melony.

Es braute sich Ärger zusammen, und wir würden mit dem daraus resultierenden Chaos so fertig werden müssen, wie es eben kam.

Ich konnte nicht viel mehr anbieten als meine Bereitschaft zu helfen, aber vielleicht reichte das ja aus, um die bösen Jungs zu ködern ... wer auch immer das letztendlich war.

Ich dachte weiter darüber nach, während ich mich auf den Weg nach oben in das Schlafzimmer der verstorbenen Mrs Haberdash machte. Greta hatte mich angewiesen, so zu tun, als würde ich etwas suchen, und meine Vorstellung wäre weitaus überzeugender, wenn ich tatsächlich versuchen würde, etwas zu finden.

Melony war wegen des alten Hexenhuts gekommen. Könnte es weitere magische Accessoires geben, die nur darauf warten, entdeckt zu werden?

Ich dachte an die Lockvogel-Brosche, die in meinem BH steckte, und beschloss: Ja. Ein Accessoire schien eine weitaus bessere Möglichkeit zu sein, als zu versuchen, eine Art aufschlussreiches Dokument oder Buch zu finden. Auch viel mehr mein Stil.

Vielleicht hatte ich Glück und entdeckte etwas, das tatsächlich helfen konnte. Und wenn nicht, war das auch in Ordnung.

Schließlich wurde nicht erwartet, dass ich tatsächlich etwas fand, sondern nur, dass ich für Ablenkung sorgte.

Greta hatte mir nicht viel verraten – was vermutlich daran lag, dass sie selbst nicht viel wusste –, aber sie hatte enthüllt, dass Parker uns anlog. Könnte das bedeuten, dass Melony bereits an ihn herangekommen war und er nun unter ihrer Kontrolle stand? Ich erinnerte mich daran, wie hilflos ich mich gefühlt hatte, als Parker und Fluffikins abwechselnd meine Bewegungen und Gefühle manipulierten.

Aber wie hätte Melony jemanden wie Parker überwältigen können? Er war ein viel erfahrener Magier, und besaß sogar die Stadtmagie, um diese Kräfte noch weiter zu verstärken. Ganz zu schweigen davon, dass er um einiges größer und muskulöser war als sie.

Zugegeben, Melony hatte es geschafft, sowohl mich als auch Greta festzuhalten, als wir unsere Konfrontation an diesem Morgen hatten, aber vielleicht lag das einfach daran, dass sie uns überrumpelt hatte.

Hmm. Jetzt, wo ich mehr als nur ein paar flüchtige Sekunden Zeit hatte, um über die Dinge nachzudenken, wurde mir klar, wie viel hier nicht zusammenpasste.

Melony hatte Greta und mich heute früh im Haus überrascht. Und als sie uns verließ, rannte ich zu meinem Haus, wo ich Fluffikins wartend vorfand. Er zauberte einen Besen herbei und flog mit mir zurück zum Hauptquartier der APZ. Er hatte auch gesagt, dass Melony nicht in der Lage sei, mit magischen Mitteln zu reisen.

Wenn das der Fall war, wie konnte Melony es innerhalb dieser Zeitspanne schaffen, Parker zu finden und ihm bis an den Stadtrand zu folgen, ein Gespräch zu führen und dann eine Konfrontation zu haben, bevor Parker zu uns in den Konferenzraum zurückkehrte?

Ja, er war der Letzte, der eintraf, aber trotzdem ging es hier nur um eine Zeitspanne von vielleicht zehn Minuten. Zum ersten Mal, seit ich in diese kleine Stadt gezogen war, wünschte ich mir, ich hätte ein Auto mitgebracht. Die Stadt galt aufgrund ihrer Einwohnerzahl als winzig, aber sie war dennoch ziemlich weitläufig.

Ich tippte meine Adresse in die Karten-App ein. Mrs Haberdashs Grundstück – einschließlich meines Gästehauses – war zentral gelegen, was es einfach machte, in die Stadt zu laufen, wenn es nötig war. Deswegen hatte ich mich überhaupt dafür entschieden.

Als ich nun die Karte studierte, bemerkte ich, dass wir uns genau in der Mitte des quadratischen Bereichs der Stadtgrenzen befanden. Ich tippte mit dem Zeigefinger auf die Stadtgrenze und fügte sie als Zielpunkt hinzu. Meine App informierte mich, dass die schnellste Route mit dem Auto etwa zwölf Minuten dauern würde.

Ich hatte keine genauen Zeitangaben über die Ereignisse dieses Morgens, aber die angebliche Zeitlinie schien nicht zu stimmen.

Parker war entweder verwirrt oder hatte den Rat

absichtlich angelogen, was Greta bereits bestätigt hatte.

Aber er hatte mir auch stolz erzählt, er sei ein Einheimischer, in Beech Grove geboren und aufgewachsen. Tatsächlich war es eines der ersten Dinge, die er zu mir sagte ... nachdem er mich beschuldigt hatte, eine Mörderin zu sein. Ich bezweifelte, dass er sich bei der Zeitberechnung geirrt hatte, da er die Stadt gut kannte, und ich bezweifelte auch, dass er eine Lüge erzählen würde, von der er wusste, dass sie leicht widerlegt werden konnte.

Warum also hatten die anderen diese Ungereimtheit nicht bemerkt?

Oder hatten sie das nur nicht wahrhaben wollen?

Mir fehlte ein entscheidendes Puzzleteil, und ich bezweifelte, dass ich die Einzige war.

Sehen Sie, das war genau die Art von Dingen, die passierten, wenn man zu schnell Entscheidungen traf! Ein weiterer Grund, warum es für mich so wichtig war, meine Tage mit einer langsamen, besonnenen Dusche zu beginnen. Dank Fluffikins hatte ich an diesem Morgen nicht einmal eine schnelle und kalte Dusche bekommen.

Außerdem hatte ich nur eine einzige Tasse Kaffee getrunken.

Und es war noch nicht einmal acht Uhr. *Gähn.*

Ich durchstöberte das Schmuckkästchen der verstorbenen Mrs Haberdash und hob einen großen Smaragdring heraus, um ihn genauer zu inspizieren.

„Lass das", befahl jemand mit schroffer Stimme von der Tür her. Trotz des gehässigen Untertons erkannte ich den Sprecher sofort.

Ich drehte mich zu Parker um und hielt den Ring fest. „Zwing mich doch", forderte ich ihn durch zusammengebissene Zähne heraus. Ich ging gerade ein großes Risiko ein und betete, dass meine Instinkte richtig waren.

Er hielt einen Moment inne, aber das war genug, um meinen Verdacht zu bestätigen.

„Du bist nicht Parker", sagte ich, steckte mir den Ring an den Finger und stemmte die Hände in offenem Trotz in die Hüften.

27

Parker entfesselte einen Feuerball und schickte ihn direkt auf mich zu. Ja, das war definitiv nicht derselbe Typ, den ich am Tag zuvor getroffen hatte.

Ich versuchte auszuweichen, aber die Welle der Magie schoss so schnell heraus, dass ich keine Chance hatte. Die Flammen prasselten direkt auf mich ein, aber ich spürte kaum etwas, nahm nur eine sanfte Wärme wahr. Das Licht in meiner Brust glühte, als die geliehene Engelsrüstung die volle Wucht abfing.

„Sie wissen es alle", knurrte Parker, und einen Moment lang sah er zu fassungslos aus, um etwas zu unternehmen.

Aber dieser Moment verging schnell und dann

stürzte er sich auf mich, hielt mich unter seinem großen, muskulösen Körper gefangen.

„Lassen Sie mich los!" Ich sträubte mich gegen ihn.

„Sag mir, wo die anderen sind", verlangte er, konnte mich aber nicht gegen meinen Willen dazu zwingen. Das war nicht Parker. Er hatte nicht dieselben Kräfte.

„Nein", knurrte ich zurück. „Ich werde Ihnen nichts sagen, bis Sie mir erklären, wer Sie sind und was Sie wollen."

Wenn ich ihn zum Reden bringen und ablenken konnte, bis Greta zurückkam, dann wäre alles in Ordnung. Ich machte definitiv meinen Job als Köder. Jetzt musste ich nur noch hoffen, dass mein Engel mir zur Rettung eilen würde, bevor die Rüstung einen Schlag zu viel abbekam und ich ernsthaft verletzt wurde.

„Wer bist du? Warum bist du überhaupt mit von der Partie?", fragte der falsche Parker, anstatt selbst eine Antwort zu geben.

„Ich bin Tawny", sagte ich fröhlich. Das Ziel war es, ihn zum Reden zu bringen, wenn er also etwas über mich erfahren wollte, war ich mehr als bereit, ihm ein paar Informationen zu geben. „Ich bin nur eine Aushilfe."

„Sie haben dir doch deine Magie genommen und dich rausgeworfen. Warum bist du in diesem Haus? Wonach suchst du?"

Ich wollte ihm auf keinen Fall sagen, dass ich nur hier war, um ihn abzulenken, also griff ich stattdessen zu meinen schriftstellerischen Fähigkeiten und heckte eine nette, kleine Geschichte aus, um den Tag zu retten.

„Ich wohne in dem Gästehaus da hinten. Als sie mir meine Magie nahmen und mich rauswarfen, wusste ich, man hatte mich betrogen. Aber ich brauche das Geld, deshalb habe ich diesen lausigen Job überhaupt erst angenommen. Ich dachte, wenn die alle sich um was anderes kümmern, könnte ich mich hier reinschleichen und etwas finden, das ich verkaufen kann. Um sicherzugehen, dass ich für meine Mühen wenigstens gescheit bezahlt werde."

„Du hast eine schlechte Wahl getroffen", zischte er über mir. „Denn jetzt, wo du hier bist, kann ich dich nicht einfach gehen lassen."

„Dann lassen Sie mich Ihnen helfen", schlug ich vor und wehrte mich nicht länger gegen ihn. Der sicherste Weg, nicht verletzt zu werden, war, ihn glauben zu lassen, ich sei auf seiner Seite.

Aber es war vergeblich. „Ich brauche keine Hilfe von einer Normalo. Es wird einfacher sein, wenn du mir nicht im Weg stehst." Er schickte einen weiteren Flammenstoß in meinen Körper, aber dieses Mal spürte ich gar nichts. Wie lange würde diese Engelspanzerung wohl noch durchhalten? Das wollte ich wirklich nicht herausfinden.

„Was schützt dich?", fragte mein Angreifer, ein weiterer Beweis dafür, dass er nicht der Parker Barnes war, den ich kannte und um den ich mich sogar ein wenig zu sorgen begonnen hatte.

„Ich weiß es nicht", log ich. Ich hätte mit den Schultern gezuckt, aber ich konnte mich immer noch nicht unter ihm bewegen. „Magische Rückstände, vielleicht? Wie Sie schon sagten, ich bin ein ganz normaler Mensch. Bitte lassen Sie mich einfach gehen."

Ein weiterer unwirksamer Flammenwirbel schlug mir entgegen.

„Nehmen Sie mich doch als Köder", schlug ich mit piepsiger Stimme vor. Panik stieg langsam in mir hoch. Würde Greta es rechtzeitig zurückschaffen, oder würde die nächste Explosion meine Rüstung durchbrechen?

„Was?", fragte er, hob die Hand, um einen weiteren Schlag zu beschwören, hielt dann aber inne.

„Töten Sie mich nicht einfach. Benutzen Sie mich

als Druckmittel für alles, was Sie wollen." Wenn ich der Köder für die guten Jungs sein konnte, dann konnte ich auch der für die bösen Jungs sein. Nur Greta wusste Bescheid. Ich musste darauf vertrauen, dass sie bald zurückkam und dafür sorgte, dass ich aus diesem Handgemenge lebend herauskam. Wenn man einem Engel nicht trauen konnte, wem denn sonst?

Er dachte ein paar Augenblicke darüber nach, und als er endlich wieder sprach, war es nicht zu mir. „Da bist du ja. Und jetzt komm her und hilf mir, sie zu fesseln", sagte er und drückte mich fester auf den Boden. Mein Gesicht lag nun flach gegen den schweren Hochflorteppich in Mrs Haberdashs Schlafzimmer gepresst.

Die widerhallenden Schritte hielten kurz vor der Tür inne.

„Und? Konntest du einen von ihnen kampfunfähig machen?", drängte der falsche Parker.

„Nein, leider nicht. Sie sind zu den Energiepunkten gegangen, wie du es erwartet hast, aber sie waren nicht in der Lage, das Ritual zu vollenden", antwortete eine heisere, weibliche Stimme.

Von meiner unglücklichen Position aus konnte ich nicht viel sehen, aber zumindest genug, um das Paar Füße zu erkennen, das sich zu uns gesellte, gekleidet in schwarze Kampfstiefel und einen langen, fließenden Rock.

Melony war angekommen.

„Warum nicht?", fragte der Mann, der mich fest-hielt, mit einem Knurren.

„Eines ihrer Mitglieder ahnte etwas und kam, um die anderen zu warnen. Ich war gerade dabei, mich dem Kater zu nähern, als es passierte."

„Was hat sie gesagt? Komm schon, raus damit!" Mein Angreifer stieß mich mit aller Kraft in den Boden, aber die Engelspanzerung hielt stand.

Melony trat näher heran, blieb aber ein paar Schritte zurück. „Ich konnte es nicht hören, aber die beiden sind zusammen abgehauen."

„Sie werden die anderen warnen. Das heißt, wir haben nicht viel Zeit", sagte der Mann. „Wir müssen das jetzt zu Ende bringen. Eine zweite Chance werden wir nicht bekommen."

Ich schluckte schwer.

Was auch immer als Nächstes kam, ich wusste, dass es nicht gut sein würde.

28

„Warum tut ihr das?", rief ich, aber meine Worte gingen in dem dichten Flor des Teppichs unter. „Was wollt ihr überhaupt?", versuchte ich es erneut, diesmal ein wenig deutlicher.

„Glaubst du, wir wollten die Stadtmagie meiner dummen Tante? *Bitte*", schnappte Melony, während sie meine Handgelenke hinter meinem Rücken fesselte. „Wir haben viel Wichtigeres zu tun."

„Melony, sei still", schimpfte der falsche Parker, während er meine Knöchel zusammenschnürte.

Sie hielt kurz inne, bevor sie mit noch mehr Nachdruck arbeitete. „Tut mir leid, Opa."

O nein. Die Familienbande. Das war genau das, was Greta und die anderen hatten vermeiden wollen.

Panik ergriff mich, noch fester als meine Fesseln. „Wo ist Parker? Was habt ihr mit ihm gemacht?", murmelte ich wieder.

„Er ist tot", sagte der Parker-Klon mit einem Lachen. „Und bald wirst du es auch sein."

Nein! Waren wir wirklich zu spät?

Wenn sie Parker mit seiner doppelten Dosis Magie hatten töten können, hatte ich keine Chance. Ich war nur ein normaler Mensch ohne Magie gegen zwei sehr magische Menschen mit einer starken Familienbindung. Ich konnte nicht einmal meine Hände oder Füße bewegen, um zu versuchen, mich freizukämpfen oder zu fliehen.

Würden die anderen Mitglieder des Rats in der Lage sein, dieses Schurkenpaar zu besiegen oder war die Stadt Beech Grove nun dem Untergang geweiht und die gesamte Region Peach Plains gleich mit dazu?

Ein Krachen ertönte aus dem unteren Stockwerk. War meine Rettung endlich eingetroffen?

„Bleib hier", sagte der falsche Parker ... Melonys Großvater. „Ich gehe der Sache nach."

„Warum tust du das?", fragte ich das Mädchen, als wir beide allein waren. „Ist dein Leben wirklich so schlecht?"

„Darauf brauche ich nicht zu antworten." Sie

verschränkte die Arme vor der Brust, blieb aber wachend über mir stehen.

„Willst du das alles überhaupt? Mir kommt es so vor, als ob dein Opa derjenige ist, der das Sagen hat. Was lässt dich glauben, dass er irgendetwas von der Magie, die er gewinnt, mit dir teilen wird?" Wenn ich die richtigen Worte fände, könnte ich Melony vielleicht auf meine Seite ziehen. Sie hatte heute früh die Chance gehabt, mich und Greta zu besiegen, aber sie hatte sich dagegen entschieden. Irgendwo musste etwas Gutes in ihr stecken.

Sie funkelte mich an. „Halt den Mund. Du weißt doch gar nichts. Opa hat versprochen, wenn ich ihm bei seinem Plan helfe, sorgt er dafür, dass ich meinen rechtmäßigen Platz als Stadthexe einnehme."

„Wenn du das sagst", antwortete ich betont gelangweilt.

Sie grub einen Absatz in meinen Rücken, aber die Rüstung des Lichts hielt mich davon ab, den Schmerz zu spüren. Okay, vielleicht war sie dazu bereit, mir Schmerzen zuzufügen, aber Mord?

Alle glaubten, sie sei in die Stadt gekommen, um ihre Tante zu töten, aber was, wenn sie sich irrten? Was, wenn Melony hinter etwas anderem her war?

Während wir allein in dem Raum warteten, ließ ich Melonys letzte Aussage immer wieder in meinem

Kopf Revue passieren. Ihr Großvater hatte gesagt, er würde dafür sorgen, dass sie Stadthexe wurde.

Wie in der Zukunftsform ... also war es noch nicht passiert ...

Was bedeutete, dass Melony die Stadtmagie noch *nicht* besaß. Ihr Großvater hätte Parker nicht selbst umgebracht, wenn er Melony die Magie versprochen hätte. Ich wusste immer noch nicht, worauf sie aus waren, aber es war eindeutig etwas viel Größeres als die Stadtmagie von Beech Grove.

Sie waren nicht hinter Parker her. Vielleicht waren sie es nie gewesen.

Die Chancen standen gut, dass er noch am Leben war.

Es gibt Wichtigeres zu tun, hatte Melony gesagt, bevor ihr Großvater sie unterbrach. Könnte ich sie dazu bringen, mehr zu verraten?

„Was habt ihr mit mir vor?", fragte ich und drehte mich leicht, damit ich besser sprechen konnte.

Unsere Blicke trafen sich, und sie zuckte zurück.

Vielleicht hätte sie eine Antwort gegeben, aber ich hatte nie die Gelegenheit, es herauszufinden.

Ein gequälter Schrei drang von unten zu uns hoch und brachte uns beide zum Schweigen.

Melony schlich zur Tür, und ich blieb auf dem

Boden liegen, unfähig, mehr zu tun, als mich an Ort und Stelle zu winden.

Dann hörte ich den falschen Parker rufen: „Sie gehen nirgendwo hin. Und jetzt rauf mit Ihnen!"

Melony rannte aus dem Zimmer, um zu helfen, und ich konnte mich in eine Position drehen, die mir einen besseren Blick auf den Eingang ermöglichte.

Eine Minute später schritten die beiden hinein und schoben eine verbrannte und blutige Greta vor sich in den Raum. Ohne ihre Engelsrüstung, die sie schützte, war sie durch die magischen Angriffe von Opa Haberdash schwer verwundet worden. Sie war kaum bei Bewusstsein, als sie sie auf den Boden drückten und ebenfalls fesselten.

Sie war gekommen, um mich zu retten, und war dabei selbst in die Schusslinie geraten.

Parker war verschwunden, und wir beide waren gefangen genommen worden. Damit blieben Fluffikins, Connie von der Handelsabteilung, der alte Mann und der etwas jüngere, der die Landwirtschaft leitete.

Würden sie ausreichen, um Melony und ihren Großvater aufzuhalten, bevor sie das, worauf sie aus waren, in die Hände bekamen?

Denk nach, Tawny. Denk nach!

Auch wenn ich ihren Plan nicht vereiteln konnte,

gäbe es vielleicht eine Möglichkeit, ihm zumindest ein paar Löcher zu verpassen.

Ich wusste nicht, wie die Familienbande funktionierten, aber vielleicht konnte ich noch einen Weg finden, sie zu durchtrennen.

Vielleicht konnte ich den Tag doch noch retten ... auch ganz ohne Magie.

29

„Wo sind die anderen?" Opa Haberdash trat Greta und bellte sie an, aber sein letzter Schlag hatte sie bewusstlos und unfähig gemacht, zu antworten. Ich hasste es, dass er Parkers Ebenbild benutzte, um uns zu verletzen. Egal, was nach dem heutigen Tag passierte, ich wusste, dass ich das Bild nie aus meinem Kopf würde vertreiben können.

„Sie werden kommen. Ich weiß es einfach", sagte Melony und knabberte an ihrer Lippe, während sie auf die Bestätigung ihres Großvaters wartete.

Er knackte mit den Fingerknöcheln und schaute Melony nicht einmal an, als er sagte: „Bleib hier und sorge dafür, dass die beiden keinen Ärger machen.

Und verlasse unter keinen Umständen dieses Haus. Hast du mich verstanden?"

Sie nickte eifrig. „Ja, Opa."

Damit stürmte ihr Großvater aus dem Zimmer, die lange Treppe hinunter. Ich lauschte, konnte aber nicht hören, dass die Tür unten geöffnet oder geschlossen wurde. Vermutlich blieb er im Haus, bereit, demjenigen aufzulauern, der als Nächstes eintraf.

„Also ..." Ich drehte mich auf die Seite, sodass ich Melony sehen konnte, während ich sprach. Vielleicht würde ihr Gesicht etwas preisgeben, was ihre Worte nicht verraten würden. Ich kämpfte hier um mein Leben und musste alles einsetzen, was mir zur Verfügung stand. „Da wir beide hier festsitzen, willst du mir deinen Masterplan nicht verraten? Ich bin sicher, er ist superschlau."

Sie verschränkte die Arme und sah weg. „Nein."

Hmmm. Wenn ich nicht an ihre Eitelkeit appellieren konnte, dann vielleicht an ihre Unsicherheiten. Ich versuchte, mit den Schultern zu zucken, aber das klappte angesichts meiner Fesseln nicht ganz. „Ich verstehe. Ich meine, wir sind sowieso beide nutzlos. Da können wir es genauso gut die harten Jungs auskämpfen lassen und uns später darüber unterhalten."

Melony schnaubte. „Du magst nutzlos sein, Normalo, aber ich bin es nicht."

„Hey, warum nennst du mich *Normalo?*" Ich versuchte, verletzt auszusehen. Eitelkeit und Unsicherheit hatten nicht funktioniert, aber was war mit Menschlichkeit?

Sie rollte mit den Augen. „Weil du keine Magie hast, Blitzmerkerin."

„Habe ich nicht? Ich bin immerhin die Stadthexe."

Sie studierte mich einen Moment lang, dann schüttelte sie den Kopf. „Nein, der Typ, der meine Großtante umgebracht hat, ist es."

„Er mag die offizielle Stadthexe sein, aber als Aushilfe für die Agentur habe ich eine exakte Kopie des Zaubers hier." Ich kämpfte gegen meine Fesseln und seufzte dann.

Sie blickte unsicher zu mir. „Wo, genau?"

„Ich wurde angewiesen, das magische Artefakt nahe an meinem Herzen zu tragen, damit es die bestmögliche Wirkung entfaltet."

Melony trat einen Schritt näher. „Wo ist es? Gib es mir."

„Ich habe es in meinen BH gesteckt", sagte ich.

„Das ist ja ekelhaft."

„Willst du es nun oder nicht?", fragte ich beiläufig

und tat so, als wäre es mir egal, ob sie meine Hilfe annahm. In meinem Kopf begann sich jedoch ein Plan zu formen, und wenn ich Melony dazu bringen konnte, mitzuspielen, dann hatten Greta und ich vielleicht eine Chance. „Ich wette, du wärst sogar noch mächtiger als dein Großvater, wenn du dieses Extra an Magie hättest. Dann würde er dich nicht als Babysitterin hier abstellen."

„Gib es mir", sagte sie wieder. Ihre Augen leuchteten zwar nicht so auf wie die von Greta, aber ich erkannte den Funken von Gier in ihrem Blick.

Ich knurrte und kämpfte wieder gegen meine Fesseln an, um überzeugend zu wirken. „Ich kann nicht", stöhnte ich, dann drehte ich mich auf den Rücken. Die Bewegung hätte meinen gefesselten Handgelenken wirklich wehgetan, aber die Engelsrüstung schützte mich Gott sei Dank noch vor Schmerzen. Ich drückte meine Brust so weit wie möglich heraus. „Hol es dir doch selbst. Ich kann es ja nicht für dich tun."

„Iiih, nein." Sie rümpfte angewidert die Nase und trat einen großen Schritt zurück.

Dann schwiegen wir beide.

Keiner von uns rührte sich, bis das plötzliche Geräusch einer aufschlagenden Tür uns aufschrecken ließ.

„Letzte Chance", murmelte ich und versuchte angestrengt, meine Verzweiflung zu verbergen. „Nimm meine Magie und stürz dich in den Kampf. Ich meine, wenn du nicht bei ihm bist, wie kannst du dir dann sicher sein, dass dein Großvater dich überhaupt mit einbezieht, wenn er bekommt, was er will?"

Melony biss sich wieder auf die Lippe, dann eilte sie zu mir hinüber. „Ich werde dich kurz losbinden, und zwar nur eine Hand. Gib mir das magische Artefakt, mach keine Dummheiten, und ich sorge dafür, dass du am Leben bleibst. Es ist ja nicht so, als hätten Opa und ich noch eine Verwendung für dich."

„Abgemacht." Ich schenkte ihr ein erleichtertes Lächeln. Nicht, weil sie mir einen Ausweg anbot, sondern weil sie so perfekt in meine Falle getappt war.

Innerlich sprach ich mir Mut zu, während Melony sich abmühte, nur eine Hand loszubinden. Unten hörte ich Fluffikins schreien: „Wer bist du, und was hast du mit Parker gemacht?"

Es folgte lautes Gepolter, als Melony ein neues Seil benutzte, um mein linkes Handgelenk an die Fesseln zu binden, die meine Knöchel hielten, bevor sie sich schließlich daran machte, meine rechte Hand zu befreien.

Ich wartete geduldig, wie eine brave Geisel.

„Okay, gib es mir", sagte sie, als meine Hand endlich vollständig befreit war. Ich griff in meinen BH und fand die Broschenattrappe, die Greta mir anvertraut hatte. *Hm.* Wer hätte gedacht, dass dieses Ding tatsächlich einmal nützlich sein würde?

Melony nahm sie gierig entgegen und wischte sie am Saum ihres Hemdes ab, bevor sie sie eingehend inspizierte. Sie war sowohl von der Brosche als auch von dem Kampf im Erdgeschoß zu abgelenkt, um mich sofort wieder zu fesseln, genau wie ich gehofft hatte.

Während sie das magielose Artefakt untersuchte, legte ich meine freie Hand an meine Brust, um das Licht darin zu beschwören. Erst war es kaum größer als eine Stecknadel, wuchs dann aber zu einer prächtigen Kugel, so groß wie eine Frucht, heran.

Als Melony realisierte, was ich tat, hatte ich bereits meine Hand in Richtung von Gretas bewusstlosem Körper gestreckt und ließ das Licht aus mir heraus und in sie hinein fließen.

Der Engel schlug die Augen auf, die weiß glühten. Ich beobachtete ehrfürchtig, wie sich ihre Wunden schlossen und sie ihre volle Vitalität wiedererlangte.

Jetzt, da ich ihre Rüstung nicht mehr hatte, keuchte ich auf, als eine plötzliche Schmerzwelle über mich hereinbrach. Das Handgelenk, das immer noch hinter meinem Rücken gefesselt war, hing in einem unnatürlichen Winkel herunter. Als Melony es an meinen Füßen befestigt hatte, musste sie den Bruch nur noch verschlimmert haben.

Ja, es war definitiv gebrochen.

Greta brüllte neben mir auf und riss die Seile durch, die sie gehalten hatten.

„Geh!", drängte ich sie in einem heiseren Flüsterton. „Bring Melony von hier weg. Raus aus dem … Haus."

Ich bekam nicht mehr mit, was als Nächstes passierte, weil ich vor Schmerz ohnmächtig wurde.

30

Mein Kopf fühlte sich benebelt an. Ich hörte gedämpfte Stimmen, die um mich herum sprachen, aber ich konnte keines der Worte verstehen.

Uh. Wie lange war ich weggetreten gewesen? Welchen Tag hatten wir?

Ich hatte den verrücktesten Traum aller Zeiten gehabt, voller sprechender Katzen, bösen Opas und einer Art flammendem Engel. Das war etwas fürs Schlaftagebuch. Mein Therapeut würde bestimmt begeistert von den Geschichten sein, die mein nächtliches Gehirn dieses Mal ausgeheckt hatte.

Ich hob die Hände, um mir den Schlaf aus den Augen zu reiben, dann öffnete ich sie.

Ein geschmeidiger schwarzer Kater mit einem

niedlichen weißen Fleck auf der Brust starrte mich mit leuchtend goldenen Augen an. Hm, das war seltsam. Wann hatte ich eine Katze adoptiert? Ich lebte doch erst seit ein paar Wochen in dieser Stadt. Ich hatte noch nicht einmal alle meine Kisten ausgepackt, aber ich war losgezogen und hatte ein Haustier adoptiert?

Jemand legte eine warme Hand auf meine Stirn. Wer war hier bei mir? Ich war in meinem eigenen Zimmer, nicht in einem Krankenhaus. Und doch schienen mich diese Menschen zu kennen.

Die Angst ließ mein Herz höher schlagen, als ich mich umdrehte und eine Frau mit hellblondem Haar in einem schlichten Hosenanzug und einem riesigen Lächeln im Gesicht entdeckte. „Oh, Tawny. Ich bin so froh, dass es dir gut geht."

Ich schloss meine Augen, holte tief Luft und öffnete sie wieder. Diesmal entdeckte ich einen unglaublich gut aussehenden Mann mit einem graumelierten Bart und durchtrainierten Armen, der hinter der Dame stand. Seine hellgrauen Augen wirkten neugierig und irgendwie auch vertraut.

„Darf ich einen Moment mit ihr sprechen?", fragte er die anderen, die zustimmten und sich entfernten. Sogar der Kater ging. Wow, sie hatten ihn wirklich gut erzogen!

Der gut aussehende Fremde sank auf die Knie und nahm meine Hand zwischen seine. „Wie fühlst du dich?", fragte er. Besorgnis spiegelte sich in seinen blassen Augen wider.

„Okay", antwortete ich vorsichtig. Es schien nicht so, als wollte er mir wehtun, aber was machte er in meinem Haus, während ich schlief? Das war irgendwie unheimlich. „Verwirrt."

Er warf einen Blick zurück zur Tür. Sie war immer noch geschlossen.

„Woran erinnerst du dich?", drängte er und drehte meine Hand in seiner, als könne er nicht so recht glauben, dass sie echt war.

Ich dachte angestrengt nach, aber mir fiel nichts ein. Nur der seltsame Traum und der lange, angenehme Schlaf. Ich wusste, dass meine Antwort ihn enttäuschen würde, aber ich hatte auch keine Ahnung, was ich sagen sollte, um ihn glücklich zu machen. Stattdessen fragte ich einfach: „In Bezug auf was?"

Er leckte sich über die Lippen und versuchte es erneut. „Wie ist mein Name?"

„Ich weiß es nicht. Steve? Du siehst aus wie ein Steve." Ich lächelte, um den Schock zu mildern, falls ich mich irren sollte. Obwohl dieser Mann ein Fremder für mich war, kannte *er mich* eindeutig.

Der Mann ließ den Kopf hängen und lachte leise. Als er mich wieder ansah, glaubte ich, den Schimmer einer Träne zu sehen, die sich weigerte, zu fallen.

„Gedächtnisverlust ist protokollgemäß", sagte er, was mich noch mehr verwirrte als zuvor. „Ich meine, das ist die *normale* Vorgehensweise." Er zuckte mit den Schultern.

Ich runzelte die Stirn, sagte aber nichts. Was sollte ich auch sagen? *Hey, verrückter Kerl. Ich habe keine Ahnung, wovon du redest. Raus aus meinem Schlafzimmer!*

Er fuhr unbeirrt fort. „Aber, Tawny, du bist alles andere als normal."

„Wer bist du?", fragte ich. Meine Kehle fühlte sich trocken an, mein Kopf wie vernebelt. Nichts von all dem ergab einen Sinn.

Er bewegte seine Hand in einem Halbkreis, schnippte dann mit dem Zeigefinger gerade nach oben, ohne mich aus den Augen zu lassen.

„Wer bin ich?", fragte er erneut. „Denk nach, Tawny. Das weißt du doch."

Und plötzlich lichtete sich der Nebel und gab die Bilder der letzten anderthalb Tage frei. Fluffikins, der seine Erinnerungen mit mir teilte, während er auf meinem Schoß schnurrte, Greta, die mich mit starken und stabilen Flügeln durch die Luft trug, der alte Mann im Anzug, dessen Bart bis zu seiner Gürtelschnalle reichte, aber vor allem ... der Mann, der direkt vor mir stand.

Ich konnte das enorme Lächeln nicht unterdrücken, das auf meinem Gesicht erblühte. „Du bist Parker."

„Und an was kannst du dich zuletzt erinnern?"

Eine erschreckende Vision erfüllte meinen Geist. Wir wären fast besiegt worden. Ein furchtbarer Schmerz. Ich wurde ohnmächtig.

„Melony und ihr Großvater", sagte ich und versuchte, meine Gedanken zu ordnen, während ich sprach. „Sie waren in Mrs Haberdashs Haus. Sie sagten, sie hätten Wichtigeres zu tun. Dass du tot wärst. Greta gab mir ihre Rüstung des Lichts, aber dann gab ich sie ihr zurück. Hat sie Melony aus dem Haus geholt?" Das war das Letzte gewesen, was ich gesagt hatte, bevor ich das Bewusstsein verlor ... da mich der Verdacht beschlichen hatte, dass das Haus ihre Familienbande irgendwie noch weiter verstärkte. Aber hatte ich recht gehabt?

Parker hob meine Hand an seine Lippen und küsste sie sanft. „Ja, du hattest mit allem recht. In dem Moment, als Greta mit Melony im Arm durchs Fenster sprang, brach die Verbindung ab, und die anderen konnten ihren Großvater überwältigen."

„Aber warum?" Ich wusste, dass Melonys Großvater sie gedrängt hatte, das Haus nicht zu verlassen,
aber ich verstand immer noch nicht das ganze
Ausmaß.

„Ganz einfach", sagte Parker mit einem schiefen
Grinsen. „Lila Haberdash hat ihr ganzes Leben in
diesem Haus verbracht. Ihre Eltern lebten dort vor
ihr, und deren Eltern vor ihnen. Im Laufe der Zeit hat
das Haus Generationen von Familienmagie aufgeso-
gen, so viel, dass es ein Teil von ihnen wurde."

„Und es verstärkte ihre Bindung", sagte ich und
verstand endlich.

Er nickte und sah aus, als wolle er noch etwas
sagen, aber ich hatte noch mehr Fragen, die aus mir
herauswollten.

„Worauf waren sie aus? Wozu brauchten sie die
zusätzliche Energie, wenn Mrs Haberdash doch
schon tot war?"

„Sie waren nie hinter ihr her. Zumindest der
Großvater war es nicht." Er holte tief Luft und
drückte meine Hand, bevor er sie wieder losließ. „Sie
wollten den Rat."

„Wen? Fluffikins?"

„Ja. Und Connie. Und Greta. Und Buckley. Und
… "

„Alle von euch." Ich atmete tief aus, während ich

diese Information verdaute. Wenn Melony und ihr Großvater erfolgreich gewesen wären, hätten sie das magische Gleichgewicht komplett zerstören können. Sie hätten die geballte Macht für ihre finsteren Pläne gehabt.

Parker nickte und bestätigte meinen Verdacht. „Wir sind die Stärksten in der Region. Hätten sie es geschafft, unsere ganze Macht an sich zu reißen, wären sie unaufhaltbar. Sie dachten, da Lila aus dem Weg war, könnten sie das Haus benutzen, um das zu erreichen."

„Aber sie haben versagt."

„Sie haben versagt. Gott sei Dank." Parker sah plötzlich sehr müde aus. Etwa, weil er sich solche Sorgen um mich gemacht hatte? Wie lange war ich ohnmächtig gewesen? Wie schwer war er verletzt worden?

„Wo warst du?", fragte ich sanft.

Glücklicherweise schien er nicht beleidigt zu sein. „Lahmgelegt", erwiderte er einfach.

„Oh." Ich beschloss, nicht weiter darauf einzugehen. Stattdessen wechselte ich zurück zum vorherigen Thema: „Also hing ihr ganzer Plan davon ab, dass alle zum Haus kamen?"

„Da es eine Hauptquelle ihrer Macht war, ja. Aber sie haben auch damit gerechnet, dass wir einer nach dem anderen eintreffen würden, damit wir leichter zu besiegen wären. Deshalb nahm Melonys Groß-vater meine Gestalt an, um unsere Aktionen beein-flussen zu können. Er ließ gerade genug Andeutungen fallen, um Verdacht zu erregen, und schickte uns dann zu den Energiepunkten, um uns aufzuspalten."

Das ergab zwar alles einen Sinn, aber es vervoll-ständigte das Puzzle noch nicht ganz. „Aber sie haben weder mich noch Greta getötet, als sie die Chance dazu hatten. Warum?" Das wollte ich mehr als alles andere wissen.

Parker zuckte mit den Schultern und presste die Lippen zu einer festen Linie zusammen. „Ich glaube nicht, dass Melony jemals das ganze Ausmaß des Plans ihres Großvaters verstanden hat. Ich glaube, das tun wir auch nicht."

„Was ist mit ihm passiert?"

„Fluffikins hat ihn in die am weitesten entfernte Region verbannt. Neuseeland, glaube ich."

„Aber er wird zurückkommen." Das stand außer Frage.

„Ja. Diesmal werden wir ihn aber erwarten."

„Was passiert jetzt?"

„Der Vorstand wird einen neuen Verbindungs-mann für die Polizei finden, und ich werde daran arbeiten, Lilas Aufgabe als Stadthexe gerecht zu werden. Du lebst dein normales Leben weiter. Aber hoffentlich bist du bereit für häufige Besuche von deinem neuen Vermieter und Freund?"

„Das würde mir gefallen", sagte ich und fühlte mich wie eine Filmheldin aus alten Zeiten. Jetzt wäre der perfekte Zeitpunkt für Parker gewesen, mir den perfekten ersten Kuss zu geben.

Stattdessen beugte er sich vor und umarmte mich fest, dann flüsterte er mir ins Ohr: „Das wird unser kleines Geheimnis bleiben. Okay?"

„Meine Lippen sind versiegelt. Aber nur unter einer Bedingung", flüsterte ich zurück.

„Alles", versprach er, immer noch lächelnd.

„Würdest du bitte meinen Warmwasserboiler reparieren, bevor du gehst? Ich könnte wirklich eine schöne, lange Dusche gebrauchen."

Wie geht es weiter?
Finde es schnell heraus …

Eine Hellseherin für alle Gelegenheiten ist jetzt
erhältlich.

Sichere dir noch heute dein Exemplar, damit du

direkt mit der Fortsetzung dieser verrückten Krimiserie weiterlesen kannst!

* * *

Und vergiss nicht, dich in Mollys Liste einzutragen, damit du über alle Neuerscheinungen, monatlich stattfindende Verlosungen und weitere coole Aktionen (einschließlich jeder Menge Katzenfotos) informiert bleibst.

Dafür musst du nur hier klicken: Katzengeheimnisse.com/abonnieren

WIE GEHT ES WEITER?

Nachdem ich bei meinem letzten Einsatz beinahe draufgegangen wäre, wollte ich mit der Agentur für Paranormale Zeitarbeit eigentlich nichts mehr zu tun haben. Wie sich allerdings herausstellt, war das ganze Schlamassel erst der Anfang ...

Dem Gremium für Paranormale Beziehungen fehlt ein Mitglied, wodurch Beech Grove ein leichtes Opfer feindlicher Magie werden könnte. Und was noch viel schlimmer ist, unsere Außendienstler, die auf normale Menschen wie streunende Katzen wirken, verschwinden von den Straßen ... nur leider tauchen sie auch in den Tierheimen nicht wieder auf.

Daher schickt mein Vorgesetzter, ein schwarzer Kater namens Mr Fluffikins, mich nun als Pseudo-Hellseherin auf eine verdeckte Ermittlung, um herauszufinden, was mit unseren Agenten geschieht.

Letzte Woche wusste ich noch nicht einmal, dass Magie real ist, und jetzt muss ich mit vollem Einsatz versuchen, sie zu wahren.

Kinderspiel für eine Aushilfshellseherin wie mich!

Hole dir noch heute dein persönliches Exemplar und fange direkt an zu lesen.

Viel Spaß!

KURZE VORSCHAU

EINE HELLSEHERIN FÜR
ALLE GELEGENHEITEN

Mein Name ist Tawny Bigford. Ich bin eine fünfunddreißigjährige Teilzeit-Romanautorin und habe gerade herausgefunden, dass Magie real ist.

Sehen Sie, alles begann eines Morgens, als ich über die Leiche meiner neuen Vermieterin stolperte. Kaum hatte ich mich von dem Schock erholt, wurde ich auch schon von einem schneidigen Polizisten weggezaubert, der nicht gerade deshalb da war, um ihren Mord zu untersuchen. Er lieferte mich bei der APZ ab, der Agentur für paranormale Zeitarbeit.

Die sind eine Art spezielles Gremium, das die magischen Interessen in unserer schönen Region Peach Plains in Georgia schützt und nur eines von vielen solcher Gremien, die überall auf der Welt eingerichtet wurden.

Als sie feststellten, dass ich keine Schuld am Tod meiner Vermieterin hatte, befahlen sie mir, als deren vorübergehender Ersatz zu fungieren. Nicht als Vermieterin, sondern als die offizielle Stadthexe von Beech Grove. Oh, Mann!

Von da an ging es nur noch um sprechende Katzen, fliegende Besen und eine knifflige Kehrt-wende nach der anderen. Jedes Mal, wenn sich jemand die Mühe machte, eine meiner Fragen zu beantworten, stellten sich mir sofort mindestens ein Dutzend neue.

Als wir den wahren Mörder geschnappt hatten, versuchte ich, mir einen Reim aus der ganzen Geschichte zu machen, bis mir der Kopf rauchte. Hier ist, was ich weiß …

Der Rat oder Vorstand besteht aus fünf paranor-malen Verbindungsleuten plus der Stadthexe und dem zuständigen Diplomaten. Unser lokaler Diplomat ist ein kleiner schwarzer Kater, der es fast so sehr liebt, Regeln zu befolgen, wie er es liebt, Forderungen zu stellen. Sein Name ist Mr Fluffikins.

Dann haben wir die freundliche, matronenhafte Greta als Verbindungsperson zu den Schulen. Ich

habe kürzlich herausgefunden, dass sie ein Engel ist
... ähm, wow!

Parker Barnes ist derselbe Polizist, der mich
ursprünglich in diesen verrückten, übernatürlichen
Reigen gebracht hat. Er ist auch der Grund, warum
ich mich an alles erinnere, was passiert ist, obwohl
die anderen versucht haben, mein Gedächtnis zu
löschen. Darüber hinaus ist seine Rolle ein bisschen
komplizierter. Ich versuche immer noch, mir diesbezüglich Klarheit zu verschaffen.

Zu guter Letzt haben wir Connie, die für den
Handel zuständig ist, Buckley als Leiter der Land-
wirtschaft und einen alten Kerl im Anzug, der als
Abgesandter für die Friedhöfe dient. Nein, seinen
Namen weiß ich immer noch nicht ...

Ich war bis vor Kurzem die provisorische Stadt-
hexe, aber jetzt, da sie jemanden haben, der die Rolle
dauerhaft ausfüllt, sollte ich meinen Job los sein. Der
Vorstand arbeitet aus einem bestimmten Grund mit
Aushilfen. Sie sind leichter zu kontrollieren, und je
weniger Leute die ganze Wahrheit über ihre Arbeit
kennen, desto besser. Sie erzählen lieber vielen
Leuten Teilwahrheiten als jemanden zu tief in ihre
Kreise zu lassen und zu riskieren, aufzufliegen.
Deshalb finde ich sie wohl auch so verwirrend.

Obwohl ich ein wenig traurig bin, dass ich die

Magie, die mir verliehen wurde, verloren habe – ich hatte sie nur für etwas weniger als vierundzwanzig Stunden, wohlgemerkt –, bin ich mehr als bereit, in mein normales Leben zurückzukehren.

Der Bosskater scheint jedoch andere Vorstellungen zu haben ...

Oh-oh.

Es sind drei Tage vergangen seit dem verrückten magischen Abenteuer, das meine Welt und alles, was ich über sie wusste, verändert hatte. Drei Tage, seit eine kalte Dusche zur Entdeckung eines mysteriösen Mordes führte, der sich in eine magische Verschwörung verwandelte, die mich fast das Leben kostete.

Drei Tage.

Das ist länger, als das ganze Abenteuer überhaupt gedauert hat. Ich glaube, es vergingen nicht einmal volle vierundzwanzig Stunden von dem Punkt, als ich über die Leiche von Mrs Haberdash stolperte und dem, als der Vorstand die Bösewichte erwischt und ihrem heimtückischen Plan Einhalt geboten hatte.

Ich weiß ganz sicher, dass es kein ganzer Tag war.

Wie kann also eine so kurze Zeitspanne buchstäblich alles verändern?

Zum einen habe ich jetzt einen neuen Vermieter. Und während meine vorherige Vermieterin, Mrs Haberdash, mich eifrig gemieden hat, findet Parker

Barnes jeden Tag mindestens ein halbes Dutzend Ausreden, um vorbeizukommen.

Ja, *der* Parker.

Es ist irgendwie schwierig, nicht an Magie zu denken, wenn derselbe Typ, der mich überhaupt erst damit bekannt gemacht hat, immer vor meiner Haustür abhängt.

Und es hilft definitiv nicht, dass ich ganz fürchterlich in ihn verknallt bin. Seit mein Ex-Mann eine neue Frau gefunden hat – als wir noch verheiratet waren, wohlgemerkt –, habe ich der Liebe abgeschworen, um ein völlig ungebundenes Single-Leben zu führen.

Parkers hinreißende, graue Augen lassen zwar mein Herz höher schlagen, wühlen aber auch meinen Magen auf. Deshalb habe ich mir drei neue Regeln auferlegt.

Drei Tage. Drei Regeln.

Von nun an gibt es keine Magie mehr, keine Männer und keine verrückten Abenteuer.

Das war's. Die sollten doch einfach genug zu befolgen sein. Vor allem, da der Rest des Vorstands annimmt, dass ich mich nicht an das Geschehene erinnere.

Aber dann kam natürlich alles ganz anders …

. . .

K *rach!*

Ich sprang aus dem Bett und rannte den Flur hinunter, so schnell mich meine Füße trugen. Zu spät erkannte ich, dass ich wahrscheinlich irgendeine Waffe hätte finden und mitnehmen sollen.

Es war noch nicht einmal sechs Uhr morgens. Wer könnte da schon …?

Ein Lichtfunke flutete das Wohnzimmer, obwohl ich den Schalter nicht umgelegt hatte.

„Guten Morgen, Tawny", sagte Mr Fluffikins, neben einer zerbrochenen Vase sitzend, in der einst ein Arrangement aus Kunstblumen gestanden hatte. Ich hatte nicht das Geld, ständig frische zu kaufen und hasste es, etwas so Hübsches und Lebendiges verwelken zu sehen, also hatte es für mich immer nur Kunstblumen gegeben.

Mein Blick wanderte von der Schweinerei zu dem Kater, der sie zweifellos verursacht hatte, und wieder zurück, dann warf ich die Hände in die Luft und ging zurück in den Flur in Richtung meines Schlafzimmers.

„Tawny, warte!", rief er mir nach. „Ich weiß, dass du dich an alles erinnerst!"

Ich murmelte meine drei Regeln vor mich hin.

Fluffikins' Erscheinen drohte mindestens zwei davon zu brechen, und das war nicht in Ordnung.

„Geh weg", murmelte ich und schleppte mich zurück zum Bett.

„Das werde ich nicht", beharrte er und lief nun hinter mir her. „Nicht, bevor du mich wenigstens anhörst."

„Ich werde dir kein Frühstück machen." Das letzte Mal, als er vor Sonnenaufgang bei mir auftauchte, hatte er genau das verlangt. Garantiert wollte er auch jetzt bewirtet werden.

„Ich habe schon gegessen", konterte er. „Und du hast offensichtlich nichts vergessen, obwohl ich mich sehr deutlich daran erinnere, dein Gedächtnis gelöscht zu haben."

Das ließ mich innehalten. Ich erschauderte und fragte: „Was willst du dann?"

„Die APZ hat eine neue Aufgabe für dich", sagte er, und dann gaben meine Knie unter mir nach.

Hole dir noch heute dein persönliches Exemplar und fange direkt an zu lesen.

ÜBER MOLLY FITZ

Obwohl USA-Today-Bestsellerautorin Molly Fitz genau genommen nicht mit Tieren sprechen kann, führen sie und ihre drei tierischen Co-Autoren oft tiefgründige und lebhafte Gespräche, während sie den alltäglichen Dingen des Lebens nachgehen.

Molly lebt mit ihrem Kind und ihrem eigenen Privatzoo irgendwo in der Wildnis von Alaska. Gelegentlich wagt sie sich hinaus, um ein exquisites Essen zu genießen, einen guten Kaffee zu trinken oder neue Tierfreunde zu treffen.

Erfahre mehr über Molly und ihre deutschen Veröffentlichungen, indem du dich gleich für ihren Newsletter anmeldest:

www.katzengeheimnisse.com

MISS DOLITTLES GEHEIMNIS

Angie Russo hat sich gerade mit dem ersten sprechenden Katzendetektiv von Blueberry Bay zusammengetan. Gemeinsam mit seiner bunt zusammengewürfelten Schar menschlicher und tierischer Helfer ist Octocat fest entschlossen, jede Situation zu retten – solange sie nicht mit seinem persönlichen Zeitplan kollidiert.

Viel Spaß mit Band 1 – **Kommissar Katerchen**

MERLINS MAGISCHE ABENTEUER

Gracie Springs ist keine Hexe ... ihr Kater hingegen schon. Jetzt muss sie alles in ihrer Macht Stehende tun, um sein Geheimnis zu wahren, oder sie riskiert, den Rest ihres Lebens in einem magischen Gefängnis zu verbringen. Zu dumm, dass sie den Ärger geradezu magnetisch anzuziehen scheint!

Viel Spaß mit Band 1 – **Merlin findet eine Vertraute**

AGENTUR FÜR PARANORMALE ZEITARBEIT

Tawny Bigfords gewöhnlich zu nennendes Leben nimmt eine magische Wendung, als sie über die Leiche ihrer Vermieterin stolpert und von einer sprechenden schwarzen Katze rekrutiert wird, die Rolle der Verstorbenen als offizielle Stadthexe von Beech Grove, Georgia, zu übernehmen.

Viel Spaß mit Band 1 – **Eine Hexe für alle Gelegenheiten**

DAS GEISTERHAFTE GÄSTEHAUS (MIT TRIXIE SILVERTALE)

Sydney Coleman hat alles erreicht – und doch steht sie irgendwann vor dem Nichts. Gerade, als sie ihr neues Bed and Breakfast eröffnen will, stellt sich ihr ein Geistertrio auf Schritt und Tritt in den Weg. Die Geister bestehen darauf, dass sie den Mord an ihrer Herrin aufklärt, aber Sydney braucht dringend Geld. Wenn nicht bald ein paar zahlende Gäste eintreffen, ist ihre Spukvilla dem Untergang geweiht.

Viel Spaß mit Band 1 – *Mörderischer Mondschein*

VERBINDE DICH MIT MOLLY

Wenn du ebenfalls ein großer Fan von spannenden, schrägen Tierkrimis bist, sollten wir unbedingt Freunde werden.

Wie wäre es, wenn du direkt einmal meine Facebook-Seite besuchst, die ich speziell für meine treuen deutschen Leser eingerichtet habe? Hier der Link dazu:

Facebook.com/Katzengeheimnisse

Oder melde dich für meinen Newsletter an und sichere dir als Abonnent gratis ein digitales Geschenkpaket, einschließlich einer exklusiven Kurzgeschichte über Octocat:

Katzengeheimnisse.com/Abonnieren